हिन्द पॉकेट बुक्स

प्रेमचंद की सूक्तियां

राजवीर सिंह 'दार्शनिक' ने अपना कॅरियर अध्यापन को चुना और आप प्रधानाचार्य के पद से सेवानिवृत्त होने के बाद लेखन कार्य से जुड़े, इसलिए आपके लेखन में जीवन का अनुभव झलकता है। आपने विश्व की महान हस्तियों के चिंतन पर काफी कुछ लिखा है। आपने अपने लेखन में इस बात का ध्यान रखा है कि उससे छात्र वर्ग विशेष रूप से लाभान्वित हो। *मुहावरा कोश, गांधी तेरे देश में* इनकी कुछ चर्चित पुस्तकें हैं।

प्रेमचंद की सूक्तियां

राजवीर सिंह 'दार्शनिक'

हिन्द पॉकेट बुक्स

यूएसए | कनाडा | यूके | आयरलैंड | ऑस्ट्रेलिया | सिंगापुर
न्यू ज़ीलैंड | भारत | दक्षिण अफ्रीका | चीन

हिन्द पॉकेट बुक्स, पेंगुइन रैंडम हाउस ग्रुप ऑफ़ कम्पनीज़ का हिस्सा है,
जिसका पता global.penguinrandomhouse.com पर मिलेगा

पेंगुइन रैंडम हाउस इंडिया प्रा. लि.,
चौथी मंजिल, कैपिटल टावर -1, एम जी रोड,
गुड़गांव-122002, हरियाणा, भारत

पेंगुइन
रैंडम हाउस
इंडिया

प्रथम संस्करण हिन्द पॉकेट बुक्स द्वारा 2012 में प्रकाशित
यह संस्करण हिन्द पॉकेट बुक्स में पेंगुइन रैंडम हाउस द्वारा 2022 में प्रकाशित

10 9 8 7 6 5 4 3 2

इस पुस्तक में व्यक्त विचार लेखक के अपने हैं, जिनका यथासंभव तथ्यात्मक
सत्यापन किया गया है, और इस संबंध में प्रकाशक एवं सहयोगी
प्रकाशक किसी भी रूप में उत्तरदायी नहीं हैं।

ISBN 9789353493370

मुद्रकः रेप्रो इंडिया लिमिटेड

www.penguin.co.in

This is a legitimate digitally printed version of the book and therefore might not
have certain extra finishing on the cover.

मुंशी प्रेमचंद

मुंशी प्रेमचंद का जीवन-परिचय

मुंशी प्रेमचंद का जन्म 31 जुलाई, 1880 को बनारस से चार मील दूर स्थित लमही नामक एक गांव में हुआ था। उनके पिता मुंशी अजायबलाल एक डाक मुंशी थे। घर में साधारण खाने-पीने, ओढ़ने-पहनने का अभाव तो नहीं था, परंतु संपन्न कहलाने के लिए वह पर्याप्त न था। प्रेमचंद का वास्तविक नाम नवाब या धनपतराय था। प्रेमचंद तो लेखकीय उपनाम था। मूलतः यह प्रेमचंद का छद्म नाम था। एक महत्त्वपूर्ण घटना में उनकी 'सोजे वतन' नामक पुस्तक गोरी सरकार द्वारा जब्त करके जला दी गई थी। गोरी सरकार को धोखे में रखने के लिए उन्होंने 'प्रेमचंद' नाम अपना लिया था। 1910 के बाद उन्होंने इसी छद्म नाम 'प्रेमचंद' के नाम से अपना साहित्य लिखा था।

मुंशी प्रेमचंद का बचपन भी गांव के और सब बच्चों की भांति खेलकूद में बीता, जो बचपन का अपना वरदान है। छः-सात वर्ष की उम्र में कायस्थ घटनाओं की पुरानी परंपराओं के अनुसार उन्हें भी पास ही लालगंज नामक एक गांव में एक मौलवी के पास, जो पेशे से दर्जी थे, फारसी और उर्दू पढ़ने के लिए भेजा जाने लगा। मौलवी के मार्गदर्शन में उन्होंने फारसी पर पूर्ण अधिकार प्राप्त कर लिया, इसके साथ ही फारसी भाषा उनकी प्रिय भाषा बन गई। यही फारसी भाषा बी.ए. तक शिक्षा में उनका एक विषय बनी रही थी। उनका जीवन सुख से व्यतीत हो हो रहा था कि उनकी मां गंभीर रूप से संग्रहणी नामक बीमारी से ग्रस्त हो गई और असमय में ही चल बसीं। उस समय प्रेमचंद की उम्र केवल सात वर्ष की थी और उसकी बड़ी बहन सुग्गी पंद्रह वर्ष की थी। उसी साल उसका विवाह मिर्जापुर के

पास लहौली नाम के गांव में हुआ था और वह अपने सुसराल में ही रह रही थी, अतः वह प्रेमचंद के लिए अपेक्षित सहायक न हो सकी। यद्यपि अपनी मां की रुग्णावस्था में उसने अपनी मां की बहुत सेवा की थी। अब सात वर्ष के नवाब अकेले रह गए थे, लेकिन इस घटना ने उनको बचपन से दो कदम आगे बढ़ाकर परिपक्वता की ओर बढ़ा दिया था। अब वे देखते-देखते सयाने हो गए थे।

इस विपत्ति काल में अब उनके सिर पर तपता हुआ नीला आकाश था, नीचे जलती हुई भूरी घास, पैरों में जूते न थे और न बदन पर पूरे कपड़े, इसलिए नहीं कि अचानक घर में धन का अभाव हो गया था, बल्कि इसलिए कि इन सब पर नजर रखने वाली मां की आंखें बंद हो गई थीं। बाप भी कब मां की जगह ले पाता है, उस पर वह काम के बोझ में दबे रहते। तबादलों का चक्कर अलग से। कभी बांदा, तो कभी इलाहाबाद, कभी बस्ती, तो कभी गोरखपुर तो कभी कानपुर और कभी लखनऊ। वे कभी एक जगह जमकर न रहने पाते। बेटे को बाप के संरक्षण की भी कभी आवश्यकता पड़ सकती है, इसके लिए उसके पास न तो समझ थी और न समय।

लेकिन अभी नवाब के जीवन की त्रासदियों का अंत कहां हुआ था। उनके पिता अजायब लाल ने दूसरी शादी कर ली थी। अपनी विमाता की छत्रच्छाया में व्यतीत किए गए दिनों के अनुभव शायद अच्छे नहीं थे। उन्होंने अपने ये अनुभव 'कर्मभूमि' उपन्यास में अमरकांत के मुख से प्रकट कराए हैं। बचपन में मां का निधन और विमाता के कठोर व्यवहार से उस बच्चे के अंदर कितनी असुरक्षा और कारुणिक भावना का उदय होता है, यह प्रेमचंद ने कितनी ही कहानियों के पात्रों से प्रदर्शित कराया है। उन्होंने अनेक बार ऐसे ही पात्रों की सृष्टि की है, जिनकी मां बचपन में ही मर गई थी। अपने पिता की उपेक्षा और विमाता के अकरुण व्यवहार से प्रेमचंद की मानसिकता नकारात्मक दिशा की ओर गति करने लगी थी और उनमें आवारापन के लक्षण उत्पन्न होने लगे थे, लेकिन विधाता की लीला कुछ और ही थी उनके अंदर कुछ ऐसे परिवर्तन होने लगे, जिन्होंने उनकी रुचि पुस्तकों के पढ़ने की ओर मोड़ दी। इस रुचि ने उसके अंदर

उदय होती आवारागर्दी को तो बंद नहीं किया, लेकिन उनके अंदर ऐसी प्रतिभा विकसित कर डाला जो उनके भावी कहानीकार और उपन्यासकार के लिए आधार का कार्य करने लगी। अपनी इस विकसित होती प्रतिभा के कारण उन्होंने अन्य पुस्तकों के साथ-साथ पैजी की 'तिलिस्मे होशरुबा' जैसी दो-दो हजार पृष्ठों की अठारह जिल्दें पढ़ डाली। इस समय उनकी उम्र तेरह वर्ष की थी। इन पुस्तकों के अतिरिक्त उन्होंने रेनाल्ड की 'मिस्ट्रीज ऑफ दी कोर्ट ऑफ लंदन की पच्चीस पुस्तकों के उर्दू अनुवाद, मौलाना सज्जाद हुसैन की हास्य कृतियां, मिर्जा रुसवा और रतननाथ सरशार के अनेक किस्से पढ़ डाले थे।

प्रेमचंद के पुत्र अमृतराय ने उनके जीवन-परिचय में लिखा है कि अपने किशोर काल में उनके अंदर अध्ययन करने की प्रवृत्ति इस स्तर पर विकसित हो चुकी थी कि वे बुद्धिलाल नामक पुस्तक विक्रेता के दुकान पर जाकर बैठ जाते थे और उनके स्टाफ से उपन्यास लेकर पढ़ने लगते थे। उसकी दुकान से अंग्रेज़ी पुस्तकों की कुंजी और नोट्स लेकर स्कूल के छात्रों के हाथ बेच दिया करते थे। अपनी इस अध्ययन प्रक्रिया में उन्होंने दो-तीन वर्षों में सैकड़ों उपन्यास पढ़ डाले थे।

वे अभी मुश्किल से पंद्रह वर्ष के ही हुए थे कि घरवालों ने उनका विवाह कर दिया, जो दुर्भाग्यपूर्ण ही रहा। अगले ही वर्ष उनके पिता का निधन हो गया और गृहस्थी का सारा भार उनके ऊपर ही आ गया। इन त्रासदियों के कारण वे मैट्रिक की परीक्षा भी नहीं दे सके। अगले वर्ष परीक्षा में तो बैठ गए, लेकिन द्वितीय श्रेणी में ही उत्तीर्ण हो सके, अतः कॉलेज में प्रवेश से वंचित रह गए, पर हां, संयोग से बनारस के पास चुनार के एक स्कूल में अध्यापक हो गए। सन् 1899 से 1921 तक उन्होंने बाईस वर्ष अध्यापन कार्य किया और 1921 में गांधी जी के आह्वान पर गोरखपुर के सरकारी स्कूल से त्यागपत्र दे दिया।

अध्यापन की इस बाईस वर्ष की अवधि में मुंशी प्रेमचंद ने अनेक स्कूलों में जैसे प्रतापगढ़, इलाहाबाद, कानपुर, हमीरपुर, बस्ती और गोरखपुर में अध्यापन किया। अध्यापन के साथ-साथ उन्होंने बी.ए. तक की शिक्षा भी प्राप्त कर ली थी और वे स्कूल निरीक्षक के पद पर प्रोन्नत हो गए थे,

लेकिन अपनी सेवा के मध्य स्थान-परिवर्तन से उन्हें ऐसे स्थानों पर कार्य करना पड़ा, जहां का पानी इनके स्वास्थ्य के अनुकूल नहीं रहा, फलतः वे पेचिश के स्थायी रोगी बन चुके थे। स्कूलों के निरीक्षण के मध्य उन्हें देश के जनजीवन को गहराई से देखने का अवसर मिला, जो उनके लिए रचनाकार के नाते वरदान सिद्ध हुआ।

मुंशी प्रेमचंद अपने जीवन में बहुत सीधे-सादे व्यक्ति के रूप रहे हैं। वे धार्मिक पाखंडों और सामाजिक कुरीतियों के घोर विरोधी थे। उस काल में कुछ जातियों में विधवा-विवाह वर्जित था, लेकिन इस सामाजिक कुरीति के विरोध-स्वरूप उन्होंने एक विधवा लड़की शिवरानी देवी से विवाह किया और वह उनके छः बच्चों की मां बनी। शिवरानी देवी बहुत सच्ची, अक्खड़, निडर, अहंकार की सीमा तक स्वाभिमानी, दबंग और अनुशासित महिला थीं। उनके ये गुण भी प्रेमचंद के लिए वरदान सिद्ध हुए; क्योंकि सरकारी सेवाओं से त्यागपत्र के बाद उनके समक्ष आर्थिक समस्याएं खड़ी हो गई थीं, जिनका शिवरानी ने धैर्यपूर्वक सामना किया और जितना मिला उसमें ही घर चलाकर प्रेमचंद को मानसिक तनाव से दूर रखा। एक साहित्यकार के लिए पारिवारिक चिंताओं और रगड़ों-झगड़ों से मुक्त रहना आवश्यक है। इस बात को शिवरानी अच्छी तरह समझती थी।

यह वह समय था जब महात्मा गांधी ने स्वराज्य की लड़ाई छेड़ी हुई थी। हर वह आदमी जिसे अपने देश से प्यार है, स्वराज्य का सिपाही बना हुआ था। कोई मैदान में जाकर लाठी खाता, कोई जेल की राह पकड़ता, लेकिन प्रेमचंद अपनी कलम लेकर मैदान में उतरे थे। इसी विचार से उन्होंने गोरखपुर से निकलने वाले एक उर्दू अखबार 'तहकीक' और एक हिंदी अखबार 'स्वदेश' से विधिवत जुड़ने और उसमें नियमित रूप से कुछ लिखने का मन बनाया, लेकिन सफल न हो सके। इस ओर से निराश होकर आर्थिक तंगी के कारण एक प्राइवेट मारवाड़ी विद्यालय कानपुर पहुंच गए, लेकिन वहां स्कूल के मैनेजर महाशय काशीनाथ से उनकी बन न सकी और एक वर्ष के अंतर्गत ही त्यागपत्र देकर पुनः बनारस पहुंच गए। बनारस में उन्होंने संपूर्णानंद जी के जेल चले जाने पर कुछ महीने 'मर्यादा'

पत्रिका का संपादन-भार संभाला, फिर वहां से अलग होकर काशी विद्यापीठ पहुंचे, जहां उन्हें स्कूल का प्रधानाध्यापक बना दिया, लेकिन कुछ ही महीनों में स्कूल बंद हो गया, इस स्थिति में उन्होंने अपना एक प्रेस खोलने का निर्णय लिया, लेकिन उनका यह निर्णय भी उनके अनुकूल न रहा। लगातार घाटे में चलने के कारण प्रेस भी बंद करना पड़ा।

आखिरकार उन्हें लखनऊ में 'माधुरी' पत्रिका के संपादक की कुर्सी संभालने का प्रस्ताव मिला, जिसे उन्होंने शीघ्र स्वीकार कर लिया और छः वर्ष तक संपादन कार्य संभाले रहे। इसी अवधि में उन्होंने अपनी बेटी की शादी मध्य प्रदेश के सागर जिले के एक प्रतिष्ठित देशसेवी घराने में कर दी। वहीं रहते-रहते उन्होंने बनारस में अपना मासिक-पत्र 'हंस' का प्रकाशन शुरू कर दिया और 1932 में लखनऊ से बनारस लौट आए, जहां उन्होंने हंस के साथ-साथ एक साप्ताहिक पत्र 'जागरण' भी निकालना शुरू किया, लेकिन में दोनों पत्र भी उन्हें कोई आर्थिक राहत न दे सके। उल्टे वे और क़र्ज़ में दबते चले गए।

दोनों पत्रों का जब काफी क़र्ज़ सिर पर हो गया, तब उसे उतारने के लिए मोहन भवनानी के निमंत्रण पर उनके अजंता सिनेटोन में कहानी लेखक के रूप में बंबई पहुंच गए। 'मिल' या 'मजदूर' के नाम से उन्होंने एक फिल्म की कथा लिखी, लेकिन उन्हें फिल्मी दुनिया का हवा पानी रास नहीं आया, अतः वे अपने एक वर्ष के अनुबंध की अवधि पूर्ण किए बिना ही बनारस लौट आए उस समय बंबई टाकीज हिमांशु राय ने शुरू ही की थी उन्होंने प्रेमचंद को वहां बहुत रोकना चाहा, लेकिन प्रेमचंद किसी भी शर्त पर वहां रुकने को तैयार नहीं हुए। यहां तक कि बनारस में रहते हुए ही फिल्म की कहानियां भेजते रहने का प्रस्ताव भी उन्होंने स्वीकार नहीं किया। बंबई से लौटने के कुछ ही महीनों बाद 8 अक्टूबर, 1936 में उनका निधन हो गया।

क्रम

अंधा

अंधे पेट के गहरे होते हैं, इन्हें बड़ी दूर की सूझती है।

अंधों में मुरौवत नहीं होती।

अंधों की आंख न खुलें, पर मन तो खुल सकता है।

चंचल प्रकृति के बालकों के लिए अंधे विनोद की बात हुआ करते हैं।

नई बीवी पाकर आदमी अंधा हो जाता है।

अतीत

अतीत चाहे दुःखद ही क्यों न हो, उसकी स्मृतियां मधुर होती हैं।

अधिकार

अधिकार योग्यता का मुंह ताकते हैं।

संसार में सबसे बड़ा अधिकार सेवा और त्याग से प्राप्त होता है।

अधिकार और बदनामी का तो चोली-दामन का साथ है।

अधिकार में स्वयं एक आनंद है, जो उपयोगिता की परवाह नहीं करता।

अधिकार प्रेम वृद्धजनों को कटु और कलह-प्रिय बना दिया करता है।

अधिकार योग्यता का मुंह ताकता है। यह समझ लो कि इन दोनों में फूल और फल का संबंध है। योग्यता का फूल लगा और अधिकार का फल आया।

अधिकार की बागडोर जैसे राजनीति में, वैसे ही समाजनीति में धन बल के हाथों रही है और रहेगी।

अध्यापक

अध्यापक लड़कों को भूल जाते हैं, पर लड़के उन्हें हमेशा याद रखते हैं।

अनाथ

अनाथ बच्चों का हृदय उस चित्र की भांति होता है, जिस पर एक बहुत ही झीना परदा पड़ा हुआ हो। पवन का साधारण झकोरा भी उसे हटा देता है।

अनुराग

अनुराग यौवन, रूप या धन से नहीं उत्पन्न होता। अनुराग अनुराग से उत्पन्न होता है।

अन्याय

अन्याय को मिटाओ, लेकिन अपने आप को मिटाकर नहीं।

अन्याय के सामने जो छाती खोलकर खड़ा हो जाए, वही सच्चा वीर है।

अन्याय में सहयोग करना अन्याय करने के ही समान है।

आदमी को कभी-कभी अपने अन्याय पर खेद तो होता ही है।

अपना

दूसरों को अपना बनाने के लिए पहले आपको उसका बन जाना पड़ता है।

अपने लिए जीना या तो महात्माओं को आता है या लंपटों को।

अपमान

अपमान का डर कानून के डर से किसी तरह कम नहीं होता।

चोर केवल दंड से ही नहीं बचना चाहता, वह अपमान से भी बचना चाहता है। वह दंड से उतना नहीं डरता, जितना अपमान से।

अपमान को निगल जाना चरित्र-पतन की अंतिम सीमा है।

अपमान के सामने जीवन के और सारे क्लेश तुच्छ हैं।

अपमान, कष्ट तथा अनाहार इन सारी विडंबनाओं के होते हुए भी बालक की बाल-क्रीड़ाओं में मां सबकुछ भूल जाती है।

दूसरों के लिए कितना भी मरें फिर भी वे अपने नहीं होते। पानी तेल में कितना भी मिले, फिर भी अलग ही रहेगा।

अपराध

अज्ञान की अवस्था में कितने ही अपराध क्षम्य हो जाते हैं। ज्ञानी के लिए क्षमा नहीं है, प्रायश्चित नहीं है, यदि है भी तो बहुत कठिन।

अभागा

अभागे को मुसीबत बार-बार अपनी ओर खींचती है।

अभाव

अभाव की पूर्ति सौजन्य से नहीं हो सकती।

अभिमान

अभिमानी आदमी प्रायः शक्की हुआ करता है।

अभिमान अपने अपमान को नहीं भूलता।

अभिमान करना अज्ञानी का लक्षण है।

अय्याशी

मुफ़्त का माल उड़ाने वाले को अय्याशी के सिवा और सूझेगा भी क्या!

अय्याश की स्त्री अगर अय्याश न हो तो यह उसकी कायरता है – लतखोरपन है।

अवनति

जब तक हम स्त्री-पुरुषों को अबाध रूप से अपना-अपना मानसिक विकास न करने देंगे, हम अवनति की ओर खिसकते चले जाएंगे।

अवसर

हम अपने जीवन में अच्छे काम करने के अवसर निकाल देते हैं। इन्हीं खोए हुए अवसरों का नाम ही तो जीवन है।

विद्वान आदमी अवसर को अपना सेवक बना लेता है, मूर्ख अपने भाग्य को रोता है।

अशिष्टता

किसी मेहमान से यह पूछना – कहिए तो आपके लिए भोजन लाऊं, कितनी बड़ी अशिष्टता है।

असंभव

संसार में असंभव का राज है।

असल

नकल में भी असल की कुछ-न-कुछ बू आ ही जाती है।

असाध्य

जब कोई अवस्था असाध्य हो जाती है, तो हम उस पर व्यंग्य करने लगते हैं। 'यह तो होना ही था, नई बात क्या हुई', हम ऐसा कहने लगते हैं।

अहंकार

धनी को अपने धन का मद रहता है, घमंड रहता है, परंतु ग़रीब के झोंपड़े में क्रोध और अहंकार के लिए स्थान नहीं रहता।

अहंकार नशे का मुख्य रूप है।

अहिंसा

अहिंसा, क्षमा और दया ईश्वरीय गुण हैं।

आंख

आंखें नीची करना मर्दों का काम नहीं होता।

आंसू

अश्रु-प्रवाह तर्क और शब्द-योजना के लिए निकलने का कोई मार्ग नहीं छोड़ता।

दुखियारों को हमदर्दी के आंसू भी कम प्यारे नहीं होते।

स्त्रियों के आंसू पुरुषों की क्रोधाग्नि को भड़काने में तेल का काम करते हैं।

आग

अगर अग्नि को शांत करना चाहते हैं, तो तृण को उससे दूर कर दीजिए, तब अग्नि अपने आप ही शांत हो जाएगी।

आग आग से नहीं, पानी से शांत होती है।

आग में पिघलकर सभी वस्तुएं एक जैसी हो जाती हैं।

आग लगाकर पानी लेकर दौड़ने से कोई निर्दोष नहीं हो जाता।

जिस घर में आग लगी हो, उसके आदमी ख़ुदा को याद नहीं करते, कुएं की तरफ दौड़ते हैं।

आग्रह

यदि व्यापारी की लागत निकल आती है, तो वह नफे को तत्काल पाने के लिए आग्रह नहीं करता।

आघात

किसी आघात के लिए पहले से तैयार रहना इससे कहीं अच्छा है कि वह आकस्मिक रीति से सिर पर आ जाए।

आचरण

आचरण एक शीशे के समान है, जिसमें प्रत्येक मानव अपना प्रतिबिंब दिखाता है।

आत्म-सम्मान

सुख भोग की लालसा आत्म-सम्मान का सर्वनाश कर देती है।

आत्म-सम्मान की रक्षा करना हमारा सबसे पहला धर्म है।

हमें सबसे पहले आत्म-सम्मान की रक्षा करनी चाहिए।

आत्मा

आत्माभिमान आशा की भांति बहुत चिरंजीवी होता है।

भोजन का संबंध उदर से इतना नहीं, जितना आत्मा से है।

आत्मबल के बिना स्वराज्य कभी नहीं प्राप्त होता।

आत्मिक उन्नति का फल, उदारता, त्याग, सदिच्छा, सहानुभूति, न्यायप्रियता और दयाशीलता है।

हमारी सारी आत्मिक, बौद्धिक और शारीरिक शक्तियों के सामंजस्य का नाम धन है।

आत्मा को आत्मा की ही आवाज़ जगा सकती है।

बड़प्पन सूट-बूट और ठाट में नहीं, जिसकी आत्मा पवित्र है वही बड़ा है।

आत्मा की हत्या करके स्वर्ग भी मिले तो नर्क है।

आत्मा कुछ-न-कुछ अवश्य कहती है, उसकी सलाह मानना तुम्हारा धर्म है

जिसकी आत्मा में बल नहीं, अभिमान नहीं, वह और चाहे जो कुछ हो, आदमी नहीं है।

जिस देह में पवित्र और निष्कलंक आत्मा रहती है, वह देह भी पवित्र और निष्कलंक रहती है।

जिस प्रकार सूर्य का प्रकाश अलग-अलग घरों में जाकर भिन्न नहीं हो पाता, उसी प्रकार ईश्वर की महान आत्मा पृथक-पृथक जीवों में प्रविष्ट होकर विभिन्न नहीं होती।

पवित्र आत्माएं इस संसार में चिरकाल तक नहीं ठहरतीं।

हमारी आत्मा ब्रह्मांड की ज्योति स्वरूप है।

आभूषणों से आत्मा ऊंची नहीं हो सकती।

आत्मा रूप से कहीं अधिक बढ़कर है।

जिसने धन और पद के लिए अपनी आत्मा बेच दी हो वह मनुष्य नहीं हो सकता।

देह के भीतर आत्मा इसलिए रखी गई है कि देह उसकी रक्षा करे।

जिसने कुआं खोदा उसकी आत्मा यदि पानी को तरसे तो कितनी लज्जाजनक बात है।

पापियों में भी आत्मा का प्रकाश होता है और कष्ट पाकर जाग्रत हो जाता है। यह समझना कि जिसने एक बार पाप किया, वह फिर कभी पुण्य कर ही नहीं सकता, मानव चरित्र के एक प्रधान तत्त्व का अपवाद करना है।

जब हम अपने किसी प्रियजन पर अत्याचार करते हैं, और जब विपत्ति आ पड़ने से हममें इतनी शक्ति आ जाती है कि उसकी तीव्र व्यथा का अनुभव करें, तो उससे हमारी आत्मा में जागृति का उदय हो जाता है और हम उस बेजा व्यवहार का प्रायश्चित करने को तैयार हो जाते हैं।

आदमी / पुरुष / मनुष्य / लोग

बड़े आदमियों के रोग भी बड़े होते हैं। वह बड़ा आदमी ही क्या जिसे कोई छोटा रोग हो।

कभी-कभी उन लोगों से भी शिक्षा मिलती है, जिन्हें हम अभिमानवश अज्ञानी समझते हैं।

मनुष्य बराबर वालों की हंसी नहीं सह सकता, क्योंकि उनकी हंसी में ईर्ष्या, व्यंग्य और जलन होती है।

जो मनुष्य अपनों का पालन न कर सका, वह दूसरों की किस मुंह से मदद करेगा।

मनुष्य उदार हो, तो फरिश्ता है और नीच हो, तो शैतान है। ये दोनों मानवीय वृत्तियों के ही नाम हैं।

❦

मनुष्य स्वभावतः विनोदशील है।

❦

मनुष्य स्वभावतः शांतिप्रिय होता है।

❦

मैं मनुष्यत्व को भ्रातृ-प्रेम से उच्चतर समझता हूं।

❦

आदमी सारी दुनिया से परदा रखता है, लेकिन अपनी स्त्री से नहीं।

❦

वह कौन अरसिक आदमी है, जो किसी प्रभात कुसुम को तोड़कर पैरों से कुचल डालेगा!

❦

भूलना बड़े आदमियों का काम है।

❦

मनुष्य ईश्वर का खिलौना है।

❦

मनुष्यों के मुंह में कुछ और मन में कुछ और होता है।

❦

मर्द की उम्र उसका भोजन है।

❦

सच्चा आदमी एक मुलाकात में ही जीवन को बदल सकता है, आत्मा को जगा सकता है।

पुरुष का जौहर उसकी जवानी नहीं उसका शक्ति संपन्न होना है, कितने ही बूढ़े जवानों से ज़्यादा अड़ियल होते हैं।

कभी-कभी नहीं, अक्सर संकट पड़ने पर ही आदमी के जौहर खुलते हैं।

पुरुष वासनाओं से कभी मुक्त नहीं हो पाता।

जवानी में मनुष्य इतना नहीं गिरता। उसके चरित्र में गर्व की मात्रा अधिक रहती है। वह नीच साधनों से घृणा करता है। वह किसी के घर में घुसने के लिए ज़बरदस्ती कर सकता है, किंतु परनाले के रास्ते नहीं जा सकता।

पुरुषों की रसिकता और कृपणता, यही दोनों ऐब मनुष्यों के जीवन को नरक तुल्य बनाए हुए हैं। जिधर देखो अशांति है, विद्रोह है, बाधा है। साल में लाखों हत्याएं इन्हीं बुराइयों के कारण हो जाती हैं, लाखों स्त्रियां पतित हो जाती हैं।

किसी अवलंब के बिना मनुष्य को भटक जाने की शंका सदैव बनी रहती है।

नवदीक्षित मनुष्य बड़ा धर्मपरायण होता है।

इंसान की आदत है कि वह अपनी चीज़ दुश्मन को देने की अपेक्षा उसे नष्ट कर देना अच्छा समझता है।

मोटे आदमी की अक्ल भी मोटी होती है।

योग्य आदमी के लिए यश और धन की कमी नहीं है।

पुरुष ने अपने अभिमान में अपनी कीर्ति को अधिक महत्त्व दिया है। वह अपने भाई का रक्त बहाकर, जिन शिशुओं को देवियों ने अपने रक्त से सिरजा और पाला है, उन्हें, बम, मशीनगन और सहस्रों टैंकों का शिकार बनाकर अपने को विजेता समझता है।

गरजवाले आदमी के साथ कठोरता करने में लाभ-ही-लाभ है, लेकिन बेगरज को दांव पर पाना जरा कठिन है।

जिस तरह से सूखी लकड़ी जल्दी से जल उठती है, उसी तरह क्षुधा से बावला मनुष्य जरा सी बात पर तुनक पड़ता है।

जब मनुष्य निरुपाय हो जाता है, तो विधाता को कोसता है।

ख़तरे में आदमी का दिल कमजोर हो जाता है और वह ऐसी बातों पर विश्वास कर लेता है, जिन पर शायद होश-हवास में न करता।

पुरुष हो जाने से सभी बातें क्षम्य और स्त्री हो जाने से सभी बातें अक्षम्य नहीं हो जातीं।

पुरुष प्रकृति ही आश्चर्य का विषय है।

जो मनुष्य सदैव सर्वसम्मानित रहा हो, जो सदा आत्माभिमान से सिर उठाकर चलता रहा हो, जिसकी सुकृति की सारे शहर में चर्चा होती रही हो, वह कभी सर्वथा लज्जाशून्य नहीं हो सकता।

सत्यवादी मनुष्य के ऊपर कोई विपत्ति पड़ती है, तो लोग उसके साथ सहानुभूति रखते हैं, मगर दुष्टों की विपत्ति लोगों के लिए व्यंग्य की सामग्री बन जाती है।

शत्रु की हानि मनुष्य को अपने लाभ से भी प्रिय होती है।

बहुत तेज दौड़ने वाला मनुष्य प्रायः मुंह के बल गिर पड़ता है।

कहते हैं मनुष्य पर उसके नाम का भी कुछ असर पड़ता है।

दुखित मनुष्य विकलता में सुबह की बाट जोहता है।

लोग जलती हुई आग को पानी से बुझाते हैं, पर राख माथे पर चढ़ाई जाती है।

मनुष्य को उसकी सज-धज से नहीं परखा जा सकता। मनुष्य कपड़ों में नहीं हृदय में बसता है।

कोई मनुष्य, जिसका सर्वथा नैतिक पतन नहीं हुआ है, यथाशक्ति किसी को धोखा नहीं देता।

आदमी जिस दुनिया में रहता है, उसी का चाल-चलन देखकर काम करता है।

मनुष्य के जीवन में एक ऐसा अवसर भी आता है, जब परिणाम की उसे चिंता नहीं रहती।

आदमी बिना किसी से मिले-जुले नहीं रह सकता। यह मिलना-जुलना भी एक तरह की भूख है।

ज़िंदा रहने के लिए मनुष्य सब कुछ कर सकता है।

मनुष्य परिस्थितियों का दास है।

जब कोई आदमी हमारे साथ अकारण मित्रता का व्यवहार करने लगे, तो हमको सोचना चाहिए कि इसमें उसका कोई स्वार्थ तो नहीं छिपा है। यदि हम अपने सीधेपन से इस भ्रम में पड़ जाएं कि कोई मनुष्य हमको केवल अनुगृहीत करने के लिए हमारी सहायता करने पर तत्पर है, तो हमें धोखा खाना पड़ेगा।

एक घने, सुनसान, भयानक वन में भटका हुआ मनुष्य जिधर पगडंडियों का चिह्न पाता है, उसी मार्ग को पकड़ लेता है। वह सोच-विचार नहीं करता कि मार्ग मुझे कहां ले जाएगा।

लाखों शताब्दियां बीत जाने पर भी मनुष्य वैसा क्रूर, वैसा ही वासनाओं का गुलाम बना हुआ है। बल्कि उस समय के लोग सरल प्रकृति के कारण इतने कुटिल, दुराग्रहों में इतने चालाक न होते थे।

जिस आदमी का अपनी वाणी पर अधिकार नहीं है, वह इच्छा पर क्या अधिकार रख सकता है।

दिलेर आदमी बेरहम नहीं हो सकता।

आदर्श

आदर्श आदर्श ही रहता है, यथार्थ नहीं हो सकता।

आदर्श की धुन में व्यावहारिकता का विचार न करना ठीक नहीं है। कोरा आदर्शवाद ख्याली पुलाव है।

जो आदर्श सत्य की हत्या करके पला हो, वह आदर्श नहीं, चरित्र की दुर्बलता है।

यदि स्त्री और पुरुष के विचार और आदर्श एक से हों, तो स्त्री पुरुष के कामों में बाधक होने के बदले सहायक हो सकती है।

हमारे जीवन का आदर्श कुछ तो ऊंचा होना चाहिए, विशेषकर उन लोगों का जो सभ्य कहलाते हैं।

आनंद

जो वस्तु आनंद प्रदान नहीं कर सकती है वह सुंदर नहीं हो सकती और जो सुंदर नहीं हो सकती, वह सत्य भी नहीं हो सकती। जहां आनंद है, वहीं सत्य है।

हर जगह ऐसे ओछे आदमी रहते हैं, जिन्हें दूसरों को नीचा दिखाने में आनंद आता है।

आपत्ति

कोमल हृदय आपत्ति में स्थिर नहीं रह सकता।

आय

आमदनी पर सबकी निगाह होती है, खर्च कोई नहीं देखता।

धर्म की कमाई में बल होता है।

हराम की कमाई हराम में जाएगी।

ऊपरी आय बहता हुआ स्रोत है, जिससे सदैव प्यास बुझती है।

आलस्य

आलस्य वह रोग है, जिसका रोगी कभी नहीं संभलता।

आलसियों को खिलाना-पिलाना वास्तव में उन्हें जहर देना है।

आवश्यकता

कैसी ही अच्छी वस्तु क्यों न हो, जब तक हमें उसकी आवश्यकता नहीं होती तब तक हमारी दृष्टि में उसका गौरव नहीं होता।

आवेग

आवेग में हम उद्दिष्ट स्थान से आगे निकल जाते हैं।

आवेश

बड़े-बड़े महान संकल्प आवेश में ही जन्म लेते हैं।

आशा / आशावाद

आशा उत्साह की जननी है। आशा में तेज है, बल है, जीवन है। आशा ही संसार की संचालक शक्ति है।

❦

जब कोई बात हमारी आशा के विरुद्ध होती है, तभी दुःख होता है।

❦

आशा निर्बलता से उत्पन्न होती है, पर उसके गर्भ में शक्ति का जन्म होता है।

❦

आशा में ही सुधा का वास है।

❦

युवाकाल की आशा पुआल की आग है, जिसके जलने और बुझाने में देर नहीं लगती।

❦

हीरे की परख की आशा जौहरी से ही की जाती है।

❦

आशावादी परमात्मा का भक्त होता है, पक्का ज्ञानी, पूर्ण ऋषि।

❦

आशा का विलंब ही दुराशा है।

❦

चिड़िया का पर खोलकर यह आशा करना कि वह तुम्हारे आंगन में ही फुदकती रहेगी, भ्रम है।

आश्चर्य

आश्चर्य अज्ञान का दूसरा नाम है।

आहार

आहार का मनुष्य के नैतिक विकास पर विशेष प्रभाव पड़ता है।

इरादा

जिसने कभी तलवार नहीं चलाई, वह इरादा करने पर भी तलवार नहीं चला सकता।

ईंट

ईंट का जवाब चाहे पत्थर हो, लेकिन सलाम का जवाब गाली नहीं है।

ईमान

ज्ञान के बाद ईमान का दूसरा स्तंभ अपनी सुदशा है।

❦

ईमान का सबसे बड़ा शत्रु अवसर है।

❦

ईमानदार आदमी स्वभावतः स्पष्टवादी होता है। उसे अपनी बातों पर नमक मिर्च लगाने की आवश्यकता नहीं होती।

ईर्ष्या

ईर्ष्या में मनुष्य अंधा हो जाता है।

ईर्ष्या साम्यभाव की द्योतक है।

ग़रीबों में ईर्ष्या या बैर है तो वह स्वार्थ के लिए या पेट के लिए है। लेकिन बड़े आदमियों की ईर्ष्या और बैर केवल आनंद के लिए है।

ईर्ष्या अग्नि है, परंतु अग्नि का गुण उसमें नहीं है। वह हृदय को फैलाने के बदले और भी संकीर्ण कर देती है।

ऐसा कौन-सा प्राणी होगा जो ईर्ष्या की क्रीड़ा का आनंद न उठाना चाहे।

वह ईर्ष्या ही क्या, जिसमें डंक न हो, विष न हो।

ईर्ष्या से ज़्यादा घृणित कोई सामाजिक पाप नहीं है।

ईश्वर

दिन का प्रकाश ईश्वर देता है। रात के प्रकाश की व्यवस्था करना राजा का कर्तव्य है।

ईश्वर सारी विपत्तियां दे, पर मिथ्याभिमान न दे।

ईश्वर आदमी का दिल देखते हैं। जो खर्च करता है, उसी को देते हैं।

ईश्वर पापियों को कभी क्षमा नहीं करता।

ईश्वर हमारे लिए परम सुहृद है। वह जो कुछ करता है, प्राणियों के कल्याण के लिए करता है।

विधि (ईश्वर) अबोध बालक नहीं है, जो अपने ही सिरजे हुए खिलौनों को तोड़-फोड़कर आनंदित होता है। न वह हमारा शत्रु है, जो हमारा हित करने में सुख मानता है। वह परम दयालु है, मंगल रूप है।

ईश्वर ही सबका आधार है। किसी दूसरे प्राणी का आश्रय लेना भूल है।

उत्तरदायित्व

अपने उत्तरदायित्व का ज्ञान बहुधा हमारे संकुचित व्यवहारों का सुधारक होता है।

उत्साह

सजीव उत्साह में बड़ी संक्रामक शक्ति होती है।

उद्दंडता

उद्दंडता सरलता का केवल उग्र रूप है।

बाल्यावस्था के पश्चात् ऐसा समय आता है, जब उद्दंडता की धुन सिर पर सवार हो जाती है।

आदमी की अवस्था के साथ उसकी उद्दंडता घटती रहती है।

उदार

संसार इतना उदार नहीं हुआ है कि आप जिसे गाली दें, वह आपको धन्यवाद दे।

उदारता वास्तव में सिद्धांत से गिर जाने, आदर्श से च्युत हो जाने का ही दूसरा नाम है।

उद्धार

उद्धार वही कर सकते हैं, जो उद्धार के अभिमान को हृदय में आने नहीं देते।

उदासीनता

उदासीनता बहुधा अपराध से भी भयंकर होती है।

उदासीनता वैराग्य का एक सूक्ष्म स्वरूप है, जो थोड़ी देर के लिए मनुष्य को अपने जीवन पर विचार करने की क्षमता प्रदान करता है।

उधार

उधार वह मेहमान है, जो एक बार आकर जाने का नाम नहीं लेता।

उपकार

उपकार करने के लिए यदि कुछ जाल भी करना पड़े, तो उससे आत्मा की हत्या नहीं होती।

उपदेश

उपदेश में हृदय नहीं होता।

उपवास

उपवास कर लेना आसान है, विषैला भोजन करना उससे कहीं मुश्किल है।

उपासक / उपासना

उपासक की महत्त्वाकांक्षा उपास्य ही के प्रति होती है, वह उसके लिए सोने का मंदिर बनवाएगा, उसके सिंहासन को रत्नों से सजाएगा, स्वर्ग से पुष्प लाकर भेंट करेगा, पर स्वयं वही उपासक रहेगा।

प्रकृति की उपासना ने ही यूरोप के बड़े-बड़े कवियों को आसमान पर पहुंचा दिया है।

उम्र

ज़िन्दगी की वह उम्र, जब इनसान को मुहब्बत की सबसे ज़्यादा ज़रूरत होती है, बचपन है।

एकांत

एकांतवास शोक-ज्वाला के लिए समीर के समान है।

एकाग्रता

विधवा अपने अनाथ बच्चों को बड़ी एकाग्रता से पालती है।

ऐश्वर्य

ऐश्वर्य का सुख विहार और विलास तो नहीं, यह ऐश्वर्य का दुरुपयोग है।

ऐश्वर्य की प्रतिष्ठा व सम्मान सब कहीं होता है।

औषधि

रोगी को जब जीने की आशा नहीं रहती, तो औषधि छोड़ देता है।

कचहरी

कचहरी-अदालत उसी के पास है, जिसके पास पैसा है।

कठोर

रुई सी मुलायम वस्तु भी दबकर कठोर हो जाती है।

कठिन

आलसी आदमियों को अपने नियमित मार्ग से तिलभर भी हटना कठिन मालूम होता है।

क़र्ज़

लिखत-पढ़त करके लिया गया क़र्ज़ अमर होता है और वचनबद्ध ऋण निर्जीव और नश्वर है।

❧

क़र्ज़ लेने वाले बला के हिमायती होते हैं। साधारण बुद्धि का मनुष्य ऐसी परिस्थितियों में पड़कर घबरा जाता है।

कर्त्तव्य

कर्त्तव्य कभी आग और पानी की परवाह नहीं करता। कर्त्तव्य-पालन ही चित्त की शांति का मूल मंत्र है।

कला

कला का रहस्य भ्रांति है, पर वह भ्रांति जिसपर यथार्थ का आवरण पड़ा है।

❧

कला का सबसे सुंदर रूप छिपाव है, दिखाव नहीं।

कलाकार

कलाकार की आदत है कि वह शब्दों को इस तरह तोड़-मरोड़ देते हैं कि अधिकांश सुनने वालों की समझ में नहीं आता कि क्या गा रहे हैं।

कवि

कवि को संसार में सुख कभी नहीं मिलता, जिसे संसार दुःखं कहता है, वह कवि के लिए सुख है। धन, ऐश्वर्य, रूप, बल, विद्या और बुद्धि, ये विभूतियां संसार को चाहे कितना ही मोहित कर लें, कवि के लिए यहां भी आकर्षण नहीं, उसके मोद और आकर्षण की वस्तु तो बुझी हुई आशाएं, मिटी हुई स्मृतियां और टूटे हुए हृदय के आंसू हैं।

❦

कविता सच्ची भावनाओं का चित्र है, और सच्ची भावनाएं चाहे वे दुःख की हों या सुख की, उसी समय उत्पन्न होती हैं जब हम दुःख या सुख का अनुभव करते हैं।

❦

कवि होना, मानो दीन दुनिया से मुक्त हो जाना है।

❦

कवि का हृदय कोमल भावों का स्रोत है, मधुर संगीत का भंडार है, अनंत का आईना है।

❦

कवि सृष्टा की वह अद्भुत रचना है, जो पंचभूतों की जगह नौ रसों से बनती है।

कष्ट

छाले पर मक्खन लगाने से कष्ट तो कम हो जाता है, किंतु फिर ताप की वेदना होने लगती है।

कांटा

लगन को कांटे की परवाह नहीं होती।

काम

आदमी उतना काम करे जितना हो सके। यह नहीं कि रुपए के लिए जान दे दे।

❦

काम करके कुछ उपार्जन करना शर्म की बात नहीं। दूसरों का मुंह ताकना शर्म की बात है।

❦

आदमी उसी काम में सफल होता है, जिसमें उसका मन लगता हो।

❦

काम करने वालों को रोटियों की कमी नहीं।

❦

जब हम कोई काम करने की इच्छा करते हैं, तो शक्ति आप ही आ जाती है।

❦

जिस काम का प्रारंभ ही अमंगल से हो, उसका अंत मंगलमय नहीं हो सकता।

काम सबको प्यारा होता है, चाम प्यारा नहीं होता।

जिस काम के लिए परदे की ज़रूरत है, चाहे उसका उद्देश्य कितना भी पवित्र क्यों न हो, वह अपमानजनक है।

बाधाओं पर विजय पाना और अवसर देखकर काम करना ही मनुष्य का कर्तव्य है।

हम वह काम करना चाहते हैं, जिसमें हमारा नाम प्राणि मात्र की जिह्वा पर हो।

अच्छे कामों की सिद्धि में बहुत देर लगती है, पर बुरे काम की सिद्धि में यह बात नहीं होती।

हर काम के लिए एक अवसर होता है। दान के अवसर पर दान देना चाहिए, नाच के अवसर पर नाच।

काम-वासना

काम-लिप्सा उन देशों के लिए आकर्षण का प्रधान विषय है, जहां लोगों की मनोवृत्ति संकुचित रहती है।

देवियों को ऊंचे शिखर से खींचकर अपने बराबर के लिए, उन पुरुषों का जो कायर हैं, जिनमें वैवाहिक जीवन का दायित्व संभालने की क्षमता नहीं है, जो स्वच्छंद काम-क्रीड़ा की तरंगों में सांडों की भांति दूसरों की हरी-भरी खेती में मुंह डालकर अपनी कुत्सित लालसाओं को तृप्त करना चाहते हैं, षड्यंत्र है। पश्चिम में इनका यह षड्यंत्र सफल हो गया है।

कामिनी

कामिनी के शब्द जितनी आसानी से दीन और ईमान को गारत कर सकते हैं, उतनी ही आसानी से उनका उद्धार भी कर सकते हैं।

कायर, कायरता / डरपोक

विजय के पास पहुंचकर कायर भी वीर हो जाते हैं, जैसे घर के समीप पहुंचकर थके हुए पथिक के पैरों में भी पर लग जाते हैं।

कायरता की भांति वीरता भी संक्रामक होती है।

प्राण-भय से दुबक जाना कायरों का काम है।

शीतल विचार कायरता का दूसरा नाम है।

डरपोक प्राणियों में सत्य भी गूंगा हो जाता है। वही सीमेंट जो ईंट पर चढ़कर पत्थर हो जाता है, मिट्टी पर चढ़ा दिया जाए तो मिट्टी हो जाता है।

कार्य

जिस कार्य के लिए परदे की ज़रूरत हो, उसका उद्देश्य कितना ही पवित्र क्यों न हो, वह अपमानजनक है।

किसी कठिन कार्य में सफल हो जाना, आत्मविश्वास के लिए संजीवनी के समान है।

काल

काल पर हम विजय प्राप्त करते हैं, अपनी सुकीर्ति, यश और व्रत से। परोपकार ही अमरत्व प्रदान करता है।

कालिमा

कालिमा छूट जाती है, पर उसका दाग दिल से कभी नहीं मिटता।

काव्य-कल्पना

स्त्रियों की कोमलता पुरुषों की काव्य-कल्पना है। उनमें शारीरिक सामर्थ्य भले न हो, पर धैर्य और साहस इतना है कि इन पर काल की दुश्चिंताओं का जरा भी असर नहीं होता।

किसान

किसान को अपने बैल अपने लड़कों की तरह प्यारे होते हैं। वह उन्हें पशु नहीं, अपना मित्र और सहायक समझता है।

यदि किसान न हो, तो सारा संसार क्षुधा-पीड़ा से व्याकुल हो जाए।

❦

केला काटना भी इतना आसान नहीं जितना किसान से बदला लेना। उसकी सारी कमाई खेतों में रहती है, या खलिहानों में।

❦

किसानों का कल्याण उनके दबे रहने में ही है। ईश्वर को भी उनका सिर उठाकर चलना अच्छा नहीं लगता।

कुत्ता

कुत्ते हड्डियों के टुकड़े पाकर और भी शेर हो जाते हैं।

कुल / कुल–मर्यादा

कुल की प्रतिष्ठा भी नम्रता और सद्व्यवहार से होती है। हेकड़ी और रुखाई से नहीं।

❦

कुल-मर्यादा में आत्मा-रक्षा की बड़ी शक्ति होती है।

❦

कुल-मर्यादा संसार की सबसे उत्तम वस्तु है। उस पर प्राण तक न्यौछावर कर दिए जाते हैं।

❦

कुलीनता जन्म से नहीं धर्म से होती है।

क्रोध

अनाथों का क्रोध पटाखे की आवाज़ है, जिससे बच्चे डर जाते हैं और असर कुछ भी नहीं होता।

❧

क्रोध को दुर्वचन से विशेष रुचि होती है।

❧

क्रोध को विनय निगल सकता है।

❧

क्रोध के आवेग में सौजन्य का चिह्न भी शेष नहीं रहता।

❧

क्रोध और घृणा उन पर होती है, जो अपने होश में हों, पागल आदमी तो दया का ही पात्र है।

क्षमा

क्षत्राणी क्षमा करना नहीं जानती।

खंडहर

खंडहर के भी एक दिन भाग्य जागते हैं। दीवाली के दिन उस पर रोशनी हो जाती है।

ख़तरा

ख़तरे में हमारी चेतना अंतर्मुखी हो जाती है।

खिलाड़ी

खिलाड़ी जीतकर हारनेवाले खिलाड़ी की हंसी नहीं उड़ाता, उससे गले मिलता है।

चतुर खिलाड़ी एक बांस की छड़ी से वह काम कर सकता है, जो दूसरे मशीन और बंदूक से भी नहीं कर सकते।

पुराना खिलाड़ी मैदान में जाकर जितना नाम करेगा, उतना नया पट्ठा नहीं कर सकता, क्योंकि वहां बल का काम नहीं साहस का काम है।

खुश

जिसके मिजाज़ का पता न हो, उसे कौन खुश कर सकता है।

जो आदमी किसी बात पर नाराज़ नहीं हो सकता, वह खुश भी नहीं हो सकता।

ख्याति

ख्याति वह प्यास है जो कभी नहीं बुझती। अगस्त्य ऋषि की तरह वह सागर को भी पीकर शांत नहीं होती।

गंवार

गंवारों को सोचना नहीं आता।

ग़रीब

ग़रीब अपनी ही लगाई हुई आग में जल जाता है।

ग़रीबों पर सभी को रहम आता है।

ग़रीबों का जीवन अमीरों के भोग-विलास पर बलिदान किया जाता है।

गरूर

आदमी का सबसे बड़ा दुश्मन गरूर है।

गला

जो अपने मतलब के लिए दूसरों का गला काटे, उसे जहर देना भी पाप नहीं है।

गल्प

गल्प का आधार घटना नहीं, मनोविज्ञान की अनुभूति है।

गहना / जेवर

गहने ही स्त्री की संपत्ति होते हैं। एक-एक गहना मानो विपत्ति और बाधा से बचाने के लिए एक-एक रक्षास्त्र है।

स्त्री का गहना ईख का रस है, जो पेरने से ही निकलता है।

जिस देश के लोग जितने ही मूर्ख होंगे, वहां जेवरों का प्रचार भी उतना ही अधिक होगा।

गुण

स्त्री हो या पुरुष, गुण और स्वभाव ही मुख्य वस्तु हैं। इसके सिवा और सभी बातें गौण हैं।

गुणियों की जात-पांत नहीं देखी जाती।

स्पष्टवादिता मनुष्य का एक उच्च गुण है।

गुनाह

अगर गुनाह से किसी की जान बचती है, तो ऐसा करना सवाब है।

गुनाह छिपा नहीं रहता। वह मनुष्य के मुख पर लिखा रहता है।

गुमराह

गुमराह आदमी जब विवाद करने पर उतर आए, तो समझ लो वह रास्ते पर आ जाएगा। चुप्पी वह चिकना घड़ा है, जिस पर किसी बात का असर नहीं होता।

गुलाम

किसी को अपना गुलाम बनाने के लिए पहले खुद ही उसका गुलाम बनना पड़ता है।

ज्ञान

ज्ञान भी अज्ञान की भांति सरल निष्कपट और सुनहले स्वप्न देखने वाला होता है। मानवता में उसका विश्वास इतना दृढ़, इतना सजीव होता है कि वह इसके विरुद्ध व्यवहार को अमानुषीय समझने लगता है। वह यह भूल जाता है कि भेड़ियों ने भेड़ों की निरीहता का जवाब सदैव पंजे और दांतों से दिया है। वह अपना आदर्श-संसार बनाकर उसको आदर्श मानवता से आबाद करता है और उसी में मग्न रहता है। यथार्थता कितनी अगम्य, कितनी दुर्बोध और कितनी अप्रकृति है, उसकी ओर विचार करना उसके लिए मुश्किल हो जाता है।

ज्ञान भी जब सीमा से बाहर हो जाता है, तो नास्तिकता के क्षेत्र में पहुंच जाता है।

घटनाएं

कभी-कभी जीवन में ऐसी घटनाएं हो जाती हैं, जो क्षणमात्र में मनुष्य का रूप पलट देती हैं।

घमंड

घमंडी आदमी प्रायः झक्की होता है।

घर / घरौंदा

घर वही है जहां प्रेम और सत्कार मिले।

आदमी घरवालों के लिए ही धन कमाता है, और किसी के लिए नहीं। अपना पेट तो सुअर भी पाल लेता है।

माता के आंचल और घर के कोने में बड़ा अंतर होता है। एक शीतल जल का सागर है, दूसरा मरुभूमि।

जिस घर में कोई नहीं रहता, उसमें चमगादड़ बसेरा करते हैं।

पहले घर में दीया जलाकर तब मस्जिद में जलाते हैं।

मनुष्य दुश्मन का सुदृढ़ गढ़ तोड़ सकता है, मगर अबोध बालक के मिट्टी का घरौंदा तोड़ने की शक्ति किसमें है!

स्वामिनी का तो यह धर्म है कि सबकी घौंस सुन ले और करे वही जिसमें घर का कल्याण हो।

अपने घर को आदमी इसलिए तो छाता-छोपता है कि उससे बर्खा-बूंदी में बचाव हो। अगर यह डर लगा रहे कि घर न जाने कब गिर पड़े, तो ऐसे घर में कौन रहेगा!

गूंगे के घरवाले ही गूंगे की बात समझते हैं।

सभी बड़े घरों में सब-के-सब हथकंडों से पैसे कमाते हैं और अस्वाभाविक जीवन बिताते हैं।

घर तो वह है, जहां स्नेह और प्यार मिले।

भगवान घर का बड़ा न बनाए, छोटों पर कोई नहीं हंसता। नेकी-बदी सब बड़ों के सिर जाती है।

घास

घास और कास स्वयं उगते हैं, उखाड़ने से भी नहीं जाते।

घृणा

जहां घृणा है, वहां दया नहीं हो सकती।

चरित्र

मानव चरित्र न तो बिल्कुल श्यामल होता है, न बिल्कुल श्वेत। उसमें दोनों रंगों का मिश्रण होता है, अनुकूल स्थिति में वह ऋषितुल्य हो जाता है और प्रतिकूल स्थितियों में नराधम।

चरित्र का जो मूल्य है, वह और किसी वस्तु का नहीं।

भले-बुरे दिन मनुष्य के चरित्र पर सदैव के लिए अपना चिह्न छोड़ जाते हैं।

मानवीय चरित्र इतना जटिल है कि बुरे-से-बुरा आदमी देवता बन जाता है और अच्छे-से-अच्छा आदमी पशु।

चरित्रोन्नति के लिए भी विविध प्रकार की परिस्थितियां अनिवार्य हैं, दरिद्रता को काला नाग क्यों समझें? चरित्र-संगठन के लिए यह संपत्ति से कहीं महत्त्वपूर्ण है।

चापलूसी

चापलूसी का जहरीला प्याला आपको तब तक नुकसान नहीं पहुंचा सकता जब तक कि आपके कान उसे अमृत समझकर पी न जाएं।

चिंता

भविष्य की भीषण चिंता आंतरिक सद्भावों का सर्वनाश कर देती है।

❦

चिंता रोग का मूल है।

❦

चिंता एक काली दीवार की भांति चारों ओर से घेर लेती है, जिसमें से निकलने की फिर कोई गली नहीं सूझती।

❦

चिंता त्यागमूलक है। निश्चिंता का आमोद-प्रमोद से मेल है।

❦

चिंतित प्राणियों के लिए मेघखंडों की किलोलें मनोरंजन की वस्तु होती हैं।

❦

जब अपनी चिंताओं से ही सिर में दर्द होने लगता है, तो विश्व की चिंता सिर पर लादकर कोई कैसे प्रसन्न रह सकता है।

चिराग़

चिराग़ के तले अंधेरा रहा तो क्या हुआ, उसका प्रकाश तो फैल रहा है।

चोर

चोर अपराधी बनकर छूट जाने से निर्दोष बनकर दंड भोगना बेहतर समझता है।

चोर केवल दंड से ही नहीं बचना चाहता, वह अपमान से भी बचना चाहता है। वह दंड से उतना नहीं डरता जितना अपमान से।

चोर को पकड़ने के लिए बिरले ही निकलते हैं, पकड़े गए चोर पर पंचलत्तियां जमाने के लिए सभी पहुंच जाते हैं।

चोर इसलिए चोरी नहीं करता कि चोरी में उसे विशेष आनंद आता है, बल्कि केवल इसलिए कि ज़रूरत उसे मजबूर कर देती है।

जनता

जनता अत्यंत क्षमाशील होती है।

जनता की दृष्टि में एक बार विश्वास खोकर फिर जमाना मुश्किल है।

जनता की दृष्टि में विद्या, बुद्धि और प्रतिभा का इतना मूल्य नहीं है, जितना चरित्र बल का।

❧

जनता क्रोध में अपने को भूल जाती है, मौत पर हंसती है।

❧

जनता सहनशील होती है, जब तक प्याला भर न जाए, वह जबान नहीं खोलती।

❧

जनता के फैसले साक्षी नहीं खोजते, अनुमान ही उनके लिए सबसे बड़ी गवाही है।

❧

जनता की स्मृति चिरस्थायी नहीं होती।

❧

जन-समूह को चकमा देना कितना आसान है। जन-सत्तावाद का सबसे निर्बल अंग यही है।

जन्म

जन्म से न कोई निर्दोष है, न कोई दोषी।

जवानी

जवानी जोश है, बल है, साहस है, दया है, आत्मविश्वास है, गौरव है और वह सब कुछ है जो जीवन को पवित्र, उज्ज्वल और पूर्ण बना देता है।

❧

जवानी दीवानी होती है।

जवानी में कौन सुंदर नहीं होता।

जवानी का उम्र से उतना ही संबंध है, जितना धर्म का आचार से, रुपए का ईमानदारी से रूप का शृंगार से।

जाति-सेवा

जाति-सेवा में शरीर को घुलाना पड़ता है, रक्त को जलाना पड़ता है, यही जाति सेवा का उपहार है।

जानवर

जानवर मारने से काम करता है, पर खाता है मन से।

ज़िन्दगी

ज़िन्दगी में सुख भी हैं, दुःख भी हैं। सुख में इतराओ मत, दुःख में घबराओ मत।

असीसों से कोई ज़िंदा नहीं रहता।

जिसकी ज़िन्दगी में कोई उत्साह नहीं है, उसके लिए जीवन गले में पड़ा हुआ एक ढोल है।

जीवन

वैवाहिक जीवन में लालसा अपनी गुलाबी मादकता के साथ उदय होती है और हृदय को अपने माधुर्य की सुनहरी किरणों से रंजित कर देती है। फिर मध्याह्न का प्रखर ताप आता है। क्षण-क्षण बगूले उठते हैं और पृथ्वी कांपने लगती है। लालसा का सुनहरा आवरण हट जाता है और वास्तविकता अपने नग्न-रूप में आ खड़ी होती है। इसके बाद विश्राममय संध्या आती है, शीतल और शांत, जब हम थके हुए पथिकों की भांति दिन भर की यात्रा का वृत्तांत कहीं और सुनते हैं तटस्थ भाव से, मानो हम किसी ऊंचे शिखर पर जा बैठे हों, जहां नीचे का जन-रव हम तक नहीं पहुंचता।

विधि के हाथ में मृत्यु से बढ़कर कोई यातना नहीं है, लेकिन विधवा के लिए ऐसा नहीं है। उसका तो जीना और मरना दोनों बराबर हैं, बल्कि मर जाने से जीवन की विपत्तियों का अंत हो जाता है।

जब जीवन की अभिलाषाओं का अंत हो जाता है, तो उसे जीवन के अंत (मृत्यु) से क्या डर रह जाता है।

जीवन संग्राम कितना विकट है। वैसे इसे संग्राम कहना ही भ्रम है। संग्राम की उमंग, उत्तेजना, वीरता और जय-ध्वनि यहां कहां! यह संग्राम नहीं, ढेलम-ढेल, धक्का-पेल है।

जीवन स्वाधीनता का नाम है, गुलामी तो मौत है।

जीवन एक दीर्घ पश्चात्ताप के सिवा और क्या है!

खाने और सोने का नाम जीवन नहीं है। जीवन नाम है सदैव आगे बढ़ने की लगन का।

जीवन पथ में एक बार उल्टी राह चलकर फिर सीधे मार्ग पर आना कठिन है।

जीवन एक दीर्घ तपस्या है।

मानवीय जीवन! तू इतना क्षण-भंगुर है, पर तेरी कल्पनाएं कितनी दीर्घायु!

जीवन में जब आशा ही लुप्त हो गई, तो अब अंधकार के सिवा और क्या रहा!

मनुष्य का जीवन पानी की लकीर है, जिसे आज देखो वह कल गायब।

जुल्म

मर मिटना जुल्म के सामने सिर झुकाने से अच्छा है।

जेल

जेल एक नई दुनिया है, जहां मनुष्य ही मनुष्य हैं, ईश्वर नहीं।

जेल शासन का विभाग नहीं, पाशविक व्यवसाय है, आदमियों से काम लेने का बहाना अत्याचार का निष्कपट साधन।

झूठ

जब आदमी को जान का ख़तरा हो, तो झूठ बोलना क्षम्य है।

यदि झूठ बोलने से किसी की जान बचती हो तो झूठ पाप नहीं पुण्य है।

चोरों की झूठ के सिवा और कौन रक्षा कर सकता है।

झूठ वह बोलता है, जिसका पक्ष निर्बल होता है।

कसम उठाना झूठ का अनुमोदन है।

झूठ बोलने के लिए बड़ी अक्ल की ज़रूरत होती है।

ठोकर

बिना ठोकर खाए आंखें नहीं खुलतीं।

तकदीर

जब आदमी का कोई बस नहीं चलता, तो अपने को तकदीर पर छोड़ देता है।

❦

हम तकदीर के खिलौने हैं, विधाता नहीं। वह हमें इच्छानुसार नचाया करती है।

तर्क

प्रमाणहीन तर्क का कोई मूल्य नहीं है।

तलवार

वही तलवार, जो केले को भी नहीं काट सकती, सान पर चढ़कर लोहे को भी काट देती है।

तल्लीनता

तल्लीनता उन्माद का प्रधान गुण है।

❦

तल्लीनता अत्यंत रचनाशील होती है।

तानाशाह

जिसे घर में सूखी रोटी न मिलती हो, वह भी बारात में जाकर तानाशाह बन बैठता है।

दंड

दंड ही से समाज की मर्यादा कायम है। जिस दिन दंड न रहेगा, संसार न रहेगा।

एक कठोर दंड बरसों के प्रेम को मिट्टी में मिला देता है।

जिस दंड का हेतु ही हमें मालूम न हो, उस दंड का मूल्य ही क्या है!

दया

दया मनुष्य का स्वाभाविक गुण है।

दया का बोझ सिर पर जितना कम हो उतना ही अच्छा है।

दया की चीज़ न ज़बरदस्ती ली जा सकती है, न ज़बरदस्ती दी जा सकती है।

बाज कबूतर पर कभी दया नहीं करता। सत्य और न्याय का समर्थन मनुष्य की सज्जनता और दया सभ्यता का एक अंग है।

भगवान की दया होती है तभी हमारे मन में सद्विचार आते हैं।

दर्शन

कुफ्र को तोड़ना आसान है, लेकिन जब वह दर्शन की सूरत पकड़ लेता है, तो उस पर किसी का जोर नहीं चलता।

दरिद्रता

दरिद्र की लड़कियों में यही ऐब है कि उनकी दृष्टि सदैव संकीर्ण रहती है, न वे खा सकें, न पहन सकें और न कोई वस्तु दूसरे को दे सकें। उन्हें तो खजाना भी मिल जाए, तो यही सोचती रहेंगी कि खर्च कैसे करें।

दरिद्रता की आग में नारीत्व भी भस्म हो जाता है।

दरिद्र प्राणी उस धनी से कहीं सुखी है, जिसे उसका धन सांप बनकर काटने दौड़े।

संसार में दुर्बल और दरिद्र होना पाप है।

दरिद्रता संसार की विपत्तियों में सबसे दुःखदायी है।

दरिद्रता में मनुष्य प्रायः भाग्य के आश्रित हो जाता है।

दरिद्र विधवा के लिए इससे बड़ी और क्या विपत्ति हो सकती है। जवान बेटी सिर पर सवार हो।

दरिद्रता प्रकट करना, दरिद्र होने से अधिक दुःखदायी है।

दरिद्रता में बीमारी कोढ़ में खाज है।

दरिद्रता कोई पाप नहीं है।

दहेज

दहेज बुरा रिवाज है, बेहद बुरा। बस चले तो दहेज लेने वालों और दहेज देने वालों – दोनों को गोली मार दी जाए।

जब लड़कों की तरह लड़कियों की शिक्षा और जीविका की सुविधाएं निकल आएगी, तो दहेज प्रथा भी विदा हो जाएगी।

लड़की रूपवती है, गुणशीला है, कुलीन है, तो हुआ करे, दहेज हो तो सारे दोष गुण हैं। प्राणों का कोई मूल्य नहीं, केवल दहेज का मूल्य है।

दहेज नहीं तो दुल्हन के सारे गुण दोष हैं, दहेज है तो उसके सारे दोष गुण हैं।

दाग

काले वस्त्र पर काला दाग छिप जाता है, किंतु उज्ज्वल वस्त्र पर कालिमा की एक बूंद भी झलकने लगती है।

दांपत्य जीवन

दांपत्य जीवन चित्त की शांति का एक प्रधान साधन है।

दांपत्य जीवन स्वार्थपरता का पोषक है।

दार्शनिक

दार्शनिक हमेशा मुर्दा-दिल होते हैं। जब देखिए अपने विचारों में मगन बैठे हैं। आपकी ओर ताकेंगे, मगर देखेंगे नहीं, आप उनसे बातें करे जाएं, कुछ सुनेंगे नहीं, जैसे शून्य में उड़ रहे हों।

दासता

दासता के सांचे में ढलकर मनुष्य अपना मनुष्यत्व खो बैठता है।

दिल

नेक और बद की सबसे बड़ी पहचान अपना दिल है। अगर हमारा दिल गवाही दे कि यह काम बुरा नहीं, तो फिर सारी दुनिया मुंह फेर ले, हमें किसी की परवाह नहीं करनी चाहिए।

दीपक

दीपक से कभी अंधकार नहीं निकल सकता।

अगर तेल डालने से दीपक का प्रकाश तेज न हुआ, तो तेल डालने का क्या लाभ!

दीवार

दीवारों के कान चाहे हों, मुंह नहीं होता।

मजबूत दीवार को टिकौने की ज़रूरत नहीं होती। जब दीवार हिलने लगती है, तब हमें उसे संभालने की चिंता होती है।

दुनिया

दुनिया अपना फ़ायदा देखती है, अपना कल्याण हो, दूसरे जिएं या मरें।

दुनिया का काम मुरौवत और रबदारी से चलता है। अगर हम किसी से खिंचे रहें, तो कोई कारण नहीं कि वह भी हमसे खिंचा रहे।

दुनिया केवल पेट पालने की जगह नहीं है।

दुनिया में कुछ ऐसे भी महात्मा होते हैं, जो अपना पेट चाहे न भर सकें, पर पड़ोसियों को नेवता देते हैं।

दुनिया में कोई किसी का नहीं होता।

दुर्बलता

मानसिक दुर्बलता की दशा में मनुष्य को छोटे-छोटे काम भी असुझ मालूम होने लगते हैं।

दुर्बल स्वास्थ्य के मनुष्य अगर पथ्य और विचार से रहें, तो बहुत दिनों तक जी सकते हैं।

❦

दुर्बल को सताना कदाचित् प्राणियों का स्वभाव है।

दुर्भाग्य

स्त्री के लिए इससे अधिक दुर्भाग्य की बात नहीं कि वह रूपहीन हो।

दुविधा

रोटी की खैर मनाने वाले शिक्षित युवकों में एक प्रकार की दुविधा होती है, जो उन्हें अप्रिय सत्य कहने से रोकती है।

दुश्मन

जो आदमी मुसीबत में साथ न दे, वह दुश्मन है, उसे दूर रहना ही अच्छा है।

❦

दुश्मन के साथ नेकी करना रोगियों की सेवा से छोटा काम नहीं है।

❦

दुश्मन को चाहे क़र्ज़ दे दो, दोस्त को कभी न दो।

दुष्ट

दुष्टों को परमात्मा स्वयं दंड देता है।

दुस्साह

युवकों में दुस्साहस की मात्रा अधिक होती है।

दुःख

जब कोई बात हमारी आशा के विरुद्ध होती है, तभी दुःख होता है।

दुखियारों को हमदर्दी के आंसू भी कम प्यारे नहीं होते।

दुःख केवल चित्त की वृत्ति है। सत्य है केवल आनंद।

दुखते हुए फोड़े में कितना मवाद भरा हुआ है, यह उस वक्त मालूम होता है जब नश्तर लगाया जाता है।

दुःख की अंतिम दशा संकोचहीन होती है।

दृढ़ता

जब दृढ़ता पर्याप्त है तो उतावलापन अनावश्यक है। दृढ़ता बड़ी प्रबल शक्ति है, पुरुष के सब गुणों की रानी है।

चित्त दृढ़ हो जाने वाला निश्चय ही चूने का फर्श है, जिसको आपत्ति के थपेड़े और भी पुष्ट कर देते हैं।

देवता

जिसमें त्याग और संकल्प हो, वह यदि पुरुष है तो देवता है, स्त्री है तो देवी है।

देश / देशभक्ति

देशभक्ति का दम भरने वालों के लिए जनता का खून चूसना बहुत बड़ा अपराध है।

❦

देश का उद्धार विलासियों के हाथ से नहीं हो सकता, उसके लिए सच्चा त्याग होना चाहिए।

दौड़ना

जिसमें दौड़ने की शक्ति है, उसमें खड़े होने की भी शक्ति होती है।

द्वेष

द्वेष तर्क और प्रमाण नहीं सुनता।

❦

द्वेष की आंखों में किसी का गुण और भी भयंकर हो जाता है।

धन / धनी

धन की प्रधानता ने समस्त समाज को उलट-पलट दिया है।

❦

विषय-भोग में धन का ही सर्वनाश नहीं होता, इससे कहीं अधिक बुद्धि और बल का भी नाश होता है।

केवल धन से कोई बड़ा थोड़े ही हो जाता है। धर्म का महत्त्व धन से कहीं बढ़कर है।

धन केवल भोग की वस्तु नहीं है, उससे यश और कीर्ति भी मिलते हैं।

धन सुख-भोग के लिए है, उसका और कोई उद्देश्य नहीं है।

धन से धन की भूख बढ़ती है, तृप्ति नहीं होती।

धन ही सुख और कल्याण का मूल है।

संसार में धन सर्वप्रधान वस्तु है, इसके बिना धर्म भी नहीं हो सकता। हमें संसार में रहना है, तो धन की उपासना करनी पड़ेगी। इसी से लोक-परलोक में हमारा उद्धार होगा।

सूम का धन शैतान खाता है।

संसार में जितना अत्याचार होता है, वह धनिकों के हाथों ही होता है।

धन मानव जीवन में अगर सर्वप्रधान वस्तु नहीं, तो वह उसके बहुत निकट की वस्तु अवश्य है।

❧

प्राणी उस धनी से कहीं सुखी है, जिसे उसका धन सांप बनकर काटने दौड़े।

❧

धन संसार के सभी पदार्थों को इकट्ठा नहीं कर सकता।

❧

धनी मनुष्य धन में लोटने वाले ईश्वर ही की कल्पना कर सकता है।

❧

जिसके पास धन नहीं है वह धनी की दया का पात्र तो हो सकता है, श्रद्धा का कदापि नहीं।

❧

जहां दौलत ज़्यादा होती है, वहां डाके पड़ते हैं और जहां कद्र ज़्यादा होती है, वहां दुश्मन भी ज़्यादा होते हैं।

❧

धनियों को चोरों के भय से नींद नहीं आती, मानियों को उसी भांति अपने मान की रक्षा करनी पड़ती है।

❧

पद, उपाधि या धन से किसी की आत्मा शुद्ध नहीं हो जाती।

❧

धनी लोग अपनी सारी बुराइयां उदारतावाद के पर्दे में छिपाते हैं।

❧

धनी के जीने से दुःख बहुतों को होता है, सुख थोड़ों को। उनके मरने से दुःख थोड़ों को होता है, सुख बहुतों को।

❧

धनिकों के हाथ में धन तो है ही, कानून भी है।

❧

जिस युग में धन ही सर्वप्रधान हो, मर्यादा, कीर्ति, यश – यहां तक कि विद्या भी धन से खरीदी जा सके, उस युग में स्वांग भरना एक लाजिमी बात हो जाती है।

❧

धनी को अपने धन का मद हो सकता है, लेकिन निर्धन के झोंपड़ों में क्रोध और अहंकार के लिए स्थान कहां।

❧

धनहीन प्राणी को जब कष्ट निवारण का कोई उपाय नहीं रह जाता, तो वह लज्जा को त्याग देता है।

❧

इस नई सभ्यता का आधार धन है। विद्या, सेवा, कुल और जाति सब धन के सामने हेय हैं।

❧

जब धन ज़रूरत से ज़्यादा हो जाता है, तो अपने लिए निकास का मार्ग खोजता है। यों न निकल पाएगा तो जुए में, घुड़-दौड़ में, ईंट-पत्थर में या एय्यासी में जाएगा।

❧

नारी के हृदय पर धन ने आज तक विजय नहीं पाई है और न कभी पाएगा।

धन से मनुष्य को कितना प्रेम होता है। अब अपनी जान से भी प्यारा होता है, विशेषकर बुढ़ापे में।

धर्म / धर्मात्मा / अधर्म

धर्म की कसौटी मानवता है। जिस धर्म में मानवता को प्रधानता दी गई है, बस, उसी धर्म का मैं दास हूं। कोई देवता हो या नबी या पैगंबर अगर वह मानवता के विरुद्ध कहता है तो मेरा उसे दूर से सलाम है।

अपने स्वाद के लिए भेड़ को जिबह कीजिए, या बकरे, ऊंट या घोड़े को इसमें आपत्ति नहीं है, लेकिन धर्म के नाम पर बलि या कुरबानी समझ से बाहर है।

धर्म (मजहब) का नाम सहानुभूति, प्रेम और सौहार्द होता है।

हममें यह भक्ति-निष्ठा और धर्म-प्रेम है, यह केवल हमारी लालसा, हमारी हवस के कारण है। हमारा धर्म हमारे स्वार्थ के बल पर टिका हुआ है।

जिनसे कुछ नहीं हो सकता, वे ही धर्मात्मा बन जाते हैं।

धर्मनिष्ठा नारियों का स्वाभाविक गुण है।

धर्म की क्षति जिस अनुपात में होती है, उसी अनुपात से आडंबर की वृद्धि होती है।

धर्म का अनुराग एक दुर्बल वस्तु है, किंतु जब इसका वेग होता है, तो हृदय के रोके नहीं रुकता।

सरकार अधर्म से रुपया कमाती है।

महात्माओं और धर्म-प्रवर्तकों ने संसार की नदियां और वैमनस्य की आग भड़काने के सिवा और क्या किया, योद्धाओं ने अपने भाइयों की गर्दन काटने के सिवा और क्या यादगार छोड़ी। आविष्कारकों ने मनुष्य को मशीन का गुलाम बनाने के सिवा और क्या समस्या हल कर दी। पुरुषों की रची इस संस्कृति में शांति कहां है सहयोग कहां है?

धूर्तता

धूर्तता तो निर्बलों का हथियार है। बलवान कभी नीच नहीं होता।

धैर्य

धैर्य और विनय भारत की देवियों के आभूषण हैं।

नकेल

पुरुषों की नकेल स्त्रियों के हाथ में है।

नम्रता

जहां नम्रता से काम निकल जाए, वहां उग्रता नहीं दिखानी चाहिए।

नम्रता पत्थर को भी मोम कर देती है।

अपने को कुछ न समझना ही नम्रता है। महानता का भी यही लक्षण है। जिसने अपने को कुछ समझा, वह गया।

कुल की प्रतिष्ठा नम्रता और सद्व्यवहार से होती है।

नशा

नशे में क्रोध की भांति ग्लानि का वेग भी सहज ही में उठ आता है।

नाटक

नाटक उस समय पास होता है, जब रसिक समाज उसे पसंद कर लेता है।

बारात का नाटक उस समय पास होता है, जब राह चलते आदमी उसे पसंद कर लेते हैं।

निंदा

अपने पड़ोसी की निंदा सनातन काल से मनुष्य के मनोरंजन का विषय रहा है।

❦

जो बुरा है, दगाबाज है, धूर्त है, उसकी निंदा होनी चाहिए।

❦

रूप-तृष्णा यदि पुरुषों के लिए निंदाजनक है, तो स्त्रियों के लिए विनाशकारक है।

निद्रा

निद्रा एक ऐसा अथाह सागर है, जिसमें हम सब अपने दुःखों को डुबो देते हैं।

❦

निद्रा भी कैसी वस्तु है। घोर दुःख के समय भी मनुष्यों को यही सुख देती है।

❦

नींद एक ऐसा अथाह सागर है, जिसमें हम सब अपनी आंखों को डुबो देते हैं।

निरंकुशता

निरंकुशता का तर्क से विरोध है।

निर्धन

निर्धन रहकर जीना मरने से भी बदतर है।

निराशा

निराशा में प्रतीक्षा अंधे की लाठी है।

जीवन में ऐसे अवसर भी आते हैं। जब निराशा में भी आशा होती है।

निराशा असंभव को संभव बना देती है।

उत्कंठा की चरम सीमा ही निराशा है।

नीति / नीतिज्ञ

नीति के विरुद्ध कोई काम करने का फल अपने तक नहीं रहता, दूसरों पर उसका और भी बुरा असर पड़ता है।

नीतिज्ञ के लिए यश और धन की कमी नहीं है।

नेकी

अपनी नेकी-बदी अपने साथ है।

जब हम नेकी करके उसका एहसान जताने लगते हैं, तो वही जिसके साथ हमने नेकी की थी, हमारा शत्रु हो जाता है, और हमारे एहसान को मिटाना चाहता है। वही नेकी अगर करने वालों के दिल में है तो नेकी है, बाहर निकल आए तो बदी है।

नैराश्य

आशाएं विष की गांठ हैं। संसार इन्हीं इच्छाओं और आशाओं का दूसरा नाम है। जिसने इन्हें नैराश्य-नद में प्रवाहित कर दिया, उसे संसार में समझना भ्रम है।

❦

नैराश्य के संताप से व्यक्ति कर्तव्य पर ध्यान नहीं देता।

❦

नैराश्य में भी आशा साथ नहीं छोड़ती।

❦

सामान्य दशाओं में नैराश्य अपने यथार्थ रूप में आता है, पर गर्वशील प्राणियों में यह परिमार्जित रूप ग्रहण कर लेता है। यहां वह हृदयगत कोमल भावनाओं का अपहरण कर लेता है – चरित्र में अस्वाभाविक विकास उत्पन्न कर देता है।

न्याय

न्याय वह है जो दूध का दूध और पानी का पानी कर दे।

❦

आजकल के न्याय करने वाले बिल्कुल आंख के अंधे हैं। जिस बात को सारी दुनिया जानती है उसमें भी उनकी दृष्टि नहीं पहुंचती। बस, दूसरों की आंखों से देखते हैं।

❦

न्याय और नीति सब लक्ष्मी के ही खिलौने हैं, इन्हें वह जैसे चाहती है, नचाती है।

❦

जहां पक्षपात हो, वहां न्याय की कल्पना भी नहीं की जा सकती।

पंच

पंच के पद पर बैठकर न कोई किसी का दोस्त होता है और न दुश्मन। न्याय के सिवा उसे और कुछ नहीं सूझता। उसकी जबान से ख़ुदा बोलता है।

पड़ोसी

अपने पड़ोसियों की निंदा सनातन से मनुष्य के लिए मनोरंजन का विषय रहा है।

पतन / पतित

भोजन का अभाव ही हमारे नैतिक और आर्थिक पतन का मुख्य कारण है।

❦

अगर कोई दृढ़ रहे तो पतन का गम नहीं, उठकर वह फिर आगे चल देगा।

❦

अपने मित्रों और सहयोगियों की दृष्टि में पतित होकर ज़िंदा रहना श्रेय की बात नहीं है।

पति / पत्नी

पत्नी से अधिक पुरुष के चरित्र का ज्ञान और किसी को नहीं होता।

❦

जब किसी पुरुष का एक स्त्री के साथ पति-पत्नी का संबंध हो जाए तो पुरुष का धर्म है कि जब तक स्त्री की ओर से कोई विरुद्ध आचरण न देखे, तब तक उस संबंध को निबाहे।

जो पति अपनी स्त्री की निंदा सुनता है, वह पति बनने के योग्य नहीं है।

पतिव्रत

जिसे पतिव्रत जैसा साधन मिल गया है, उसे और किसी साधन की क्या आवश्यकता है? इसमें सुख, संतोष और शांति सब कुछ है।

पथिक

जब किसी पथिक को चलते-चलते ज्ञान होता है कि मैं रास्ता भूल गया हूं तो वह सीधे रास्ते पर आने के लिए बड़े वेग से चलता है।

परदा

जो मनुष्य अपनी स्त्री से परदा रखता है, तो वह उससे प्रेम नहीं करता।

पराजय

रियायत राजनीति से पराजय का सूचक है।

पराधीनता

पराधीनता दुर्गुणों को जगाती है।

बिना देशाटन किए पराधीनता का यथेष्ट ज्ञान नहीं होता।

परित्यक्ता

वही पीड़ा, जो बाल-विधवा सहती है और सहने में अपना गौरव समझती है, परित्यक्ता के लिए असह्य हो जाती है।

परिस्थितियां

परिस्थितियों से गिरने वाला मनुष्य उन परिस्थितियों का त्याग करने से ही बच सकता है।

मनुष्य बिगड़ता है या तो परिस्थितियों से या पूर्व संस्कारों से।

परिवर्तन

मनोवृत्ति का परिवर्तन ही हमारी असली विजय है।

परिश्रम

परिश्रम करनेवाले को रोटियों की कहीं कमी नहीं है।

परीक्षा

नारी परीक्षा नहीं चाहती, प्रेम चाहती है। परीक्षा गुणों को अवगुण, सुंदर को असुंदर बनाने वाली चीज़ है। प्रेम अवगुणों को गुण बनाता है, असुंदर को सुंदर।

विद्यार्थी की परीक्षा जब तक नहीं होती, वह उसी की तैयारियों में लगा रहता है, लेकिन परीक्षा में उत्तीर्ण होने के बाद भावी जीवन-संग्राम की चिंता उसे हतोत्साहित कर दिया करती है। उसे अनुभव होता है कि जिन साधनों से अब तक मैंने सफलता प्राप्त की है, वे इस नए, विस्तृत, अगम्य क्षेत्र में अनुपयुक्त हैं।

परोपकार

परोपकार के लिए मरने का सौभाग्य तो संस्कार वालों को ही प्राप्त होता है।

परोपकार के लिए भिक्षा मांगना दान है और अपने लिए पान का बीड़ा भी भिक्षा है।

पश्चात्ताप

पश्चात्ताप के कड़वे फल कभी-न-कभी सभी को चखने पड़ते हैं।

पानी

खारे पानी के समुद्र में मीठे पानी का छोटा-सा पात्र कितना प्रिय होता है, इसे वह क्या जाने, जो मीठे पानी के मटके उड़ेलता रहता हो।

प्यासे के लिए तो पानी सबसे मूल्यवान पदार्थ है। प्यास बुझाने के बाद संभव है और चीज़ों की तरफ उसकी रुचि हो।

पाप

अपने पाप सबको भोगने पड़ते हैं, भगवान का इसमें कोई दोष नहीं होता।

कृतघ्नता से बड़ा कोई पाप नहीं है।

पाप का दंड अवश्य भोगना पड़ता है।

पाप के अथाह दलदल में जहां एक बार पड़े कि फिर प्रतिक्षण नीचे ही चले जाते हैं।

भय से पाप की उपज होती है।

मां का दिल दुखाना महापाप है।

संसार में दुर्बल और दरिद्र होना पाप है।

आदमी पाप से नीच होता है, खाने-पीने से नहीं।

जो स्त्री अपने पति की सेवा नहीं कर सकती, उसे देवताओं के दर्शन से पुण्य के बदले पाप होता है।

पापियों को दंड न मिले तो अनर्थ हो जाए।

❧

पाप के दलदल में फंसकर फिर निकल आना अवश्य गौरव की बात है।

❧

जिस पाप से मनुष्यों का कल्याण हो वह पुण्य है।

❧

पाप सदैव पाप है चाहे वह किसी आवरण में मंडित हो।

❧

धन से बड़े-बड़े पापों पर परदा पड़ सकता है।

❧

मनुष्य स्वभावतः पाप-भीरु होता है।

❧

संसार की कोई वस्तु स्थिर नहीं है, किंतु पाप की कालिमा अमर और अमिट है। यश और कीर्ति कालांतर में मिट जाती है, किंतु पाप का धब्बा नहीं मिटता।

पीड़ा / पीड़ित

पीड़ित प्राणियों के लिए रात एक कठिन तपस्या है।

❧

पीड़ित हृदय कभी निश्शंक नहीं होता।

❧

पीड़क होने से पीड़ित होना कहीं श्रेष्ठ है।

पूर्वजन्म

पूर्वजन्म के संस्कार केवल मन को समझाने की चीज़ें हैं।

प्रतिकार

हम निःशस्त्र और प्रतिकार के लिए असमर्थ होने पर भी बैठे-बैठे वारों का निशाना बनाना नहीं चाहते। खड़े हो जाना आत्मरक्षा का अंतिम प्रयत्न है।

प्रथा

ऐसी लोकप्रथा का बुरा हो, जो अभागिन कन्याओं को किसी-न-किसी पुरुष के गले बांध देना अनिवार्य समझती है।

❦

कोई कुप्रथा उपेक्षा या निर्दयता से नहीं मिटती। उसका नाश शिक्षा, ज्ञान और दया से होता है।

प्रभुता

प्रभुता असहिष्णुता होती है।

❦

प्रभुता पाते ही लोगों की निगाहें बदल जाती हैं, किसी को पहचानते तक नहीं, जमीन पर पांव तक नहीं रखते।

प्रशंसा

अपनी प्रशंसा सुनकर हम इतने मतवाले हो जाते हैं कि फिर हममें विवेक की शक्ति लुप्त हो जाती है। बड़े-से-बड़ा महात्मा भी अपनी प्रशंसा सुनकर फूल उठता है।

लोक-प्रशंसा प्रायः सभी को प्रिय होती है।

संसार को उन लोगों की प्रशंसा करने में आनंद आता है, जो अपने घर को भाड़ में झोक रहे हों, गैरों के पीछे अपना सर्वनाश किए डालते हों। जो प्राणी घरवालों के लिए मरता है, उसकी प्रशंसा संसार वाले नहीं करते। वह तो उनकी दृष्टि में स्वार्थी है, कृपण है, संकीर्ण-हृदय है, आचार भ्रष्ट है।

नौका पर तो सभी यात्रा करते हैं, जो तैरकर नदी पार करे वही प्रशंसा का अधिकारी है।

प्रसन्नता

चित्त की प्रसन्नता ही व्यवहार में उदारता बन जाती है।

प्रसन्नता के दिन पवन की भांति सन्न से निकल जाते हैं और पता भी नहीं चलता। लेकिन दुर्भाग्य के दिन और विपत्ति की रातें काटे नहीं कटतीं।

प्रसिद्धि

प्रसिद्धि श्वेत वस्त्र के सदृश है, जिस पर जरा-सा भी धब्बा नहीं छिप सकता।

प्रेम / प्रीति

यदि प्रेम दहकती हुई आग है, तो वियोग उसके लिए घृत है।

प्रेम देह की वस्तु नहीं है, आत्मा की वस्तु है, इसलिए संदेह से परे है।

विवाह का आधार अगर प्रेम न हो तो, वह देह का विक्रय है।

प्रेम और वासना में उतना ही अंतर है, जितना कंचन और कांच में।

कठोर दंड बरसों के प्रेम को मिट्टी में मिला देता है।

भक्त को अपनी आलोचना से प्रेम नहीं होता।

विश्वास प्रेम की प्रथम सीढ़ी है।

प्रेम में कुछ मान भी होता है, कुछ महत्व भी। श्रद्धा तो अपने को मिटा डालती है और अपने मिट जाने को ही अपना इष्ट बना लेती है।

प्रेम (अनुराग) स्फूर्ति का भंडार है।

उत्सव आपस में प्रीति बढ़ाने के लिए मनाए जाते हैं। जब प्रीति के बदले द्वेष बढ़े, तो उनका न मनाना अच्छा है।

जो प्रेम असहिष्णु हो, जो दूसरों के मनोभावों का जरा भी विचार न करे, जो मिथ्या कलंक आरोपण करने में संकोच न करे, वह उन्माद है, प्रेम नहीं।

जिससे प्रेम होता है, उससे हम कोई भेद नहीं रखते।

धन से चाहे आदमी का जी भर जाए, प्रेम से तृप्ति नहीं होती। ऐसे कान बहुत कम हैं, जो प्रेम के शब्द सुनकर फूल न उठें।

प्रेम असीम विश्वास है, असीम धैर्य है, और असीम बल है।

प्रेम का एक ही मूल मंत्र है वह है सेवा।

प्रेम का नाता संसार के सभी संबंधों से पवित्र और श्रेष्ठ है।

प्रेम की गहराई कविता की वस्तु है, जो साधारण बोल-चाल में व्यक्त नहीं हो सकती।

प्रेम पर ऐश्वर्य, सौंदर्य और वैभव का कुछ भी अधिकार नहीं है।

❦

प्रेम वसंत समीर है, द्वेष ग्रीष्म की लू।

❦

भूले-भटकों को प्रेम ही सन्मार्ग पर लाता है।

❦

सच्चा प्रेम संयोग में भी वियोग की मधुर वेदना का अनुभव करता है।

❦

प्रेम प्रतिकार नहीं करता, प्रेम से दुराग्रह नहीं होता।

❦

प्रेम का बंधन कितना कोमल है और दृढ़ भी कितना! कोमल है अपमान के सामने, दृढ़ है वियोग के सामने।

❦

जहां प्रेम है, वहां किसी तरह का भेद नहीं रहता।

❦

प्रेम जब श्रद्धा के साथ आता है, तब वह ऐसा मेहमान हो जाता है, जो उपहार लेकर आता हो।

❦

प्रेमी हृदय बड़ा उदार होता है, वह क्षमा और दया का सागर होता है।

❦

प्रेम का बदला प्रेम है।

❦

प्रेम की बातों की ज़रूरत वहां होती है, जहां अपने अखंड अनुराग, अपनी अतुल निष्ठा, अपने पूर्ण आत्म-समर्पण का विश्वास दिलाना होता है।

प्रौढ़ावस्था में भी प्रेम की उद्विग्नता और असावधानी कुछ कम नहीं होती।

प्रेम मानव जीवन का श्रेष्ठ अंग है।

प्रेम की स्मृति में प्रेम के भोग से कहीं अधिक माधुर्य और आनंद है।

प्रेम स्वयं एक बढ़ी हुई स्वार्थपरता है, जब मनुष्य को अपने प्रियतम के सिवाय कुछ नहीं सूझता।

जो कभी रो नहीं सकता, वह प्रेम नहीं कर सकता। रुदन और प्रेम दोनों एक ही स्रोत से निकलते हैं।

कदाचित प्रेम के साथ ही मन में ईर्ष्या का भाव भी उदय होता है।

वह प्रेम, प्रेम नहीं है, जो प्रत्याघात की शरण ले। प्रेम का आदि भी सहृदयता है और अंत भी सहृदयता।

प्रेम के ऊंचे आदर्श का पालन रमणियां ही कर सकती हैं। पुरुष कभी प्रेम के लिए आत्म-समर्पण नहीं कर सकता – वह प्रेम को स्वार्थ और

वासना से अलग नहीं कर सकता।

वह प्रेम नहीं जिसका आधार पराधीनता है।

प्रेम जितना ही सच्चा, जितना ही हार्दिक होता है, उतना ही कोमल होता है। वह विपत्ति के उन्मत्त सागर में थपेड़े खा सकता है, पर अवहेलना की एक भी चोट सह नहीं सकता।

प्रेम का एक ही मूलमंत्र है और वह है सेवा। प्रेम का अंकुर रूप में है, पर उसको पल्लवित और पुष्पित करना सेवा ही का काम है।

प्रेम का हिंसा से बैर है।

विचारवालों ने प्रेम को ही जीवन की सबसे बड़ी विभूति माना है।

प्रेम ही मानव जीवन का सत्य है, मगर ईश्वर दंड-भय से सृष्टि का संचालन करता है।

प्रेम से शासन करना मानवता है, आतंक से शासन करना बर्बरता है। आतंकवादी ईश्वर से तो ईश्वर का न रहना ही अच्छा है।

जहां प्रेम नहीं है, वहां कोई स्त्री नहीं रह सकती।

प्रेम का फूल कभी नहीं मुरझाता, प्रेम की नींद कभी नहीं उतरती।

प्रेमीजन का धैर्य अपार होता है। निराशा पर निराशा होती है, पर धैर्य हाथ से नहीं छूटता।

हम विश्व-बंधुत्व और विश्व-प्रेम पर केवल लेख लिख सकते हैं, केवल भाषण दे सकते हैं, लेकिन इन्हें व्यवहार में नहीं ला सकते।

प्रेम जब आत्मसमर्पण का रूप ले लेता है, तभी ब्याह है, इसके पहले ऐय्याशी है।

वासनाओं पर आधारित प्रेम वास्तविक प्रेम नहीं है, एक धोखा है, उदीप्त लालसा का विकृत रूप, उसी तरह जैसे संन्यास भीख मांगने का संस्कृत रूप है। वह प्रेम अगर वैवाहिक जीवन में कम है, तो मुक्त-विलास में बिल्कुल नहीं है।

जिसे सच्चा प्रेम कह सकते हैं, केवल एक बंधन में बंध जाने के बाद ही पैदा हो सकता है। इसके पहले जो प्रेम होता है वह तो रूप की आसक्ति मात्र है, जिसका कोई टिकाव नहीं है।

जहां एक बार प्रेम ने वास किया हो, वहां उदासीनता और विराग चाहे पैदा हो जाए, हिंसा का भाव पैदा नहीं हो सकता।

आध्यात्मिक प्रेम, त्यागमय प्रेम और निःस्वार्थ प्रेम, जिसमें आदमी अपने को मिटाकर केवल प्रेमिका के लिए जीता है, उसके आनंद से आनंदित होता है और उसके चरणों पर अपनी आत्मा समर्पण कर देता है, यह प्रेम नहीं श्रद्धा है – सेवा है। प्रेम सीधी-सादी गऊ नहीं है, खूंखार शेर है, जो अपने शिकार पर किसी की आंख भी नहीं पड़ने देता है।

प्रेमविहीन हृदय के लिए संसार काल-कोठरी है, जो नैराश्य और अंधकार से भरा है।

प्रेम के सामने गहनों का कोई मूल्य नहीं है।

प्रेम आत्मा को तृप्त कर देता है।

प्रेम की रोटियों में अमृत होता है।

अभागों को प्रेम की भिक्षा भी नहीं मिलती।

प्रेम हृदय की वस्तु है, रुपए की नहीं।

प्रेमी

प्रेमी हृदय उदार होता है, वह दया और क्षमा का सागर है, ईर्ष्या और दंभ के नाले उसमें मिलकर उसे विशाल बना देते हैं।

प्यासा

प्यासा आदमी यदि अंधे कुएं की ओर दौड़े तो उसका कोई कसूर नहीं है।

बंधन

समर्थ के लिए कोई बंधन नहीं है। बंधन तो मध्यवालों के लिए है।

बच्चा / बालक

बच्चों के साथ समझदार बच्चे बनकर मां-बाप उन पर जितना असर डाल सकते हैं, जितनी शिक्षा दे सकते हैं, उतनी बूढ़े बनकर नहीं।

बच्चों को बहुत मारना-पीटना नहीं चाहिए मारने से बच्चे जिद्दी और बेहया हो जाते हैं।

बच्चा कितना भी गाफिल सोया हो, माता के चारपाई से उठते ही जाग पड़ता है।

मातृहीन बालक के समान दुःखी, दीन-प्राणी संसार में दूसरा नहीं होता।

घर से वे ही बच्चे विरक्त होते हैं जो मातृस्नेह से वंचित हैं।

बीमारी के बाद हम बच्चों की तरह जिद्दी, उतने ही आतुर, उतने ही सरल हो जाते हैं।

बच्चे पहले जितना प्रेम करते हैं, बाद में उतने ही निष्ठुर हो जाते हैं। जिस खिलौने पर जान देते हैं बाद में उसे तोड़ भी देते हैं।

बड़प्पन

बड़प्पन सूट-बूट और ठाट में नहीं है, जिसकी आत्मा पवित्र है, वही बड़ा है।

बनावट

बनावट की बात ऐसी चुभती है कि सच्ची बात उसके सामने बिल्कुल फीकी मालूम होती है। उसमें बनावट की गंध अवश्य होती है।

बनिया

बनिये से रुपए ऐंठने के लिए अक्ल चाहिए, दिल्लगी नहीं।

कौड़ियों के रुपए बनाना बनियों का ही काम है।

बलवान

जो बलवान हैं वे अकड़ते नहीं। जो दुर्बल हैं वही अकड़ दिखाते हैं।

बलवान शत्रु का सामना करने में उदारता को ताक पर रखना पड़ता है।

बलवान मनुष्य प्रायः दयालु होता है।

बहादुरी

सिपाही की बहादुरी का प्रमाण उसकी तलवार है।

सच्चा साहस और सच्ची बहादुरी दीनों की रक्षा और उनकी सहायता करने में है।

बहाव (प्रवाह)

बहाव की ओर से नाव खे ले जाना तो बहुत सरल है, किंतु जो नाविक बहाव के प्रतिकूल खे ले जाता है, वही सच्चा नाविक है।

बात

जो अपनी बात का नहीं वह अपने बाप का क्या होगा!

किसी बात को ख़ुद छिपाए रखना इससे ज़्यादा आसान है कि दूसरे पर वह बोझ रखूं।

दिल की बात मुंह से निकल ही आती है चाहे कोई कितना ही छिपाए।

जब एक बात दिल में आ गई, तो उसे हुआ ही समझना चाहिए।

अपने बेटों की बातें और लातें गैरों की बातों और लातों की अपेक्षा फिर भी गनीमत है।

जिसकी निगाह में मुरौवत नहीं, जिसकी बातों का कोई विश्वास नहीं, उसे शरीफ नहीं कहा जा सकता।

पुरानी बात भी यदि आत्म-बल के साथ कही जाए, तो नई हो जाती है।

बिरादरी

बिरादरी से बैर करना पानी में रहकर मगर से बैर करना है। कोई-न-कोई ऐसा अवसर आता है, जब हमें बिरादरी के सामने सिर झुकाना पड़ता है।

बुढ़ापा / बूढ़ा

बुढ़ापे में पत्नी का मरना बरसात में घर गिरने के समान है।

कितने ही बूढ़े जवानों से ज़्यादा अड़ियल होते हैं।

बूढ़ा बैल कभी जवान बछड़े के साथ नहीं चल सकता।

बूढ़े लोग बनाव-शृंगार को भी संदेह की दृष्टि से देखते हैं।

बूढ़ों के लिए अतीत के सुखों, वर्तमान के दुःखों और भविष्य के सर्वनाश से ज़्यादा मनोरंजक और कोई प्रसंग नहीं होता।

❧

अपनी संतान को विवाहित देखना बुढ़ापे की सबसे बड़ी अभिलाषा है।

❧

बुढ़ापा तृष्णा रोग का अंतिम समय है, जब संपूर्ण इच्छाएं एक ही केंद्र पर आ लगती हैं। बूढ़ों का यह केंद्र स्वादेंद्रिय होती है।

❧

बुढ़ापा बहुधा बचपन का पुनरागमन हुआ करता है।

❧

बुढ़ापा भरी हुई अभिलाषाओं की समाधि है, या पुराने पापों का पश्चात्ताप।

❧

हम बूढ़ों को मरने से पहले ही मारना चाहते हैं।

❧

बुड्ढों को प्रसन्न करना कठिन काम नहीं है, तुम्हारा हंसकर बोलना ही उन्हें प्रसन्न करने के लिए काफी है।

❧

बूढ़े आदमियों की जान तो उनका भोजन है।

बुद्धि / बुद्धिमान

केवल बुद्धि के द्वारा ही मनुष्य का मनुष्यत्व प्रकट होता है।

❧

जिसमें बुद्धि नहीं है, उसको बिना सींग का पशु समझना चाहिए।

❧

विवेक और बुद्धि की हिदायत हमारे लिए काफी है।

❧

यदि आप शेर को फंसाकर उसके बच्चे को उसी वक्त नहीं पकड़ लेते, उसे बढ़ने और सबल होने का अवसर देते हैं, तो आप बुद्धिमान नहीं हो सकते।

❧

मनुष्य में बुद्धि के अंतर्गत एक अज्ञात बुद्धि होती है, जो आपातकाल में मनुष्य को सचेत कर देती है, जिससे वह संभल जाता है।

❧

घबराहट में आदमी की बुद्धि पलायन कर जाती है।

❧

विपत्ति में बुद्धि भ्रष्ट हो जाती है।

❧

बुद्धि की मंदता बहुधा सामाजिक अनुदारता के रूप में प्रकट होती है।

❧

क्रोध के बस में होकर बुद्धि उलटी हो जाती है।

❧

बुद्धि एक प्रकार का नजला है, जब दिमाग़ में नहीं समाती, जिस्म में आ जाती है।

मेहनत बुद्धिबल से परास्त होती रही है।

बुद्धि अगर स्वार्थ से मुक्त हो, तो उसकी प्रभुता मानने से कोई आपत्ति नहीं है।

बुद्धि का अधिकार और सम्मान व्यक्ति के साथ चला जाता है, लेकिन उसकी संपत्ति विष बोने के लिए, उसके बाद और भी प्रबल हो जाता है।

बुरा / बुराई

अच्छे-बुरे सभी जगह होते हैं।

ज़िंदा रहना जितना ही कठिन होगा, बुराइयां भी उसी मात्रा में बढ़ेंगी, जितना ही आसान होगा, उतनी ही बुराइयां कम होंगी।

बुराई का मुख्य उपचार मनुष्य का सद्ज्ञान है। इसके बिना कोई उपाय सफल नहीं हो सकता।

भलाइयों में जितना द्वेष होता है, बुराइयों में उतना ही प्रेम। विद्वान विद्वान को देखकर, साधु साधु को देखकर और कवि कवि को देखकर जलता है, पर जुआरी जुआरी को देखकर, शराबी शराबी को देखकर, चोर-चोर को देखकर सहानुभूति दिखाता है।

अपनी या अपनों की बुराई पर शर्मिंदा होना सच्चे दिलों का काम है।

बेईमान

बेईमानों की सूरत से ही फटकार बरसती है।

बेबस

हरि इच्छा बेबसों का अंतिम अवलंब है।

बैर

बैर का अंत बैरी के जीवन के साथ हो जाता है।

भक्त

भक्त को आलोचना से प्रेम नहीं होता।

भगवान

भगवान जिसको जन्म देते हैं उसकी जीविका की जुगत पहले ही से कर देते हैं।

भय

किसी भारी विपत्ति का भय हल्के आघात को वैसे ही भुला देता है जैसे घातक की तलवार देखकर कोई प्राणी रोग सैया से उठकर भागता है।

भय के सामने मन के और सभी भाव दब जाते हैं।

भय सभी बुराइयों की जड़ है।

भय की पराकाष्ठा ही साहस है।

मनुष्य के मन और मस्तिष्क पर भय का जितना प्रभाव होता है, उतना और किसी शक्ति का नहीं।

भाई

अपने भाई लाख बुरे हों, हैं तो अपने भाई ही। अपने हिस्से बांटने के लिए सभी लड़ते हैं, पर इससे खून थोड़े ही बंट सकता है।

भाई का नाता बड़ा गहरा होता है। भाई चाहे अपना शत्रु भी हो, लेकिन कौन आदमी है जो भाई को मार खाते देखकर क्रोध को रोक सके।

व्यवहार में हम 'भाई' के अर्थ का कितना ही दुरुपयोग करें, लेकिन उसकी भावना में जो पवित्रता है, वह हमारी कालिमा से कभी मलिन नहीं होती।

भाग्य

दाता के द्वार पर भिक्षुक जाते हैं, अपना-अपना भाग्य है, किसी को एक चुटकी मिलती है, किसी को पूरा थाल।

भाग्य पर वह भरोसा करता है, जिसमें पौरुष नहीं होता।

जिस खान में औरों को बालू ही मिलता हो, उसमें जिसे सोने के डले मिले क्या वह परम भाग्यशाली नहीं है।

भाग्य के अधीन रहना पुरुषों का काम नहीं है।

जिनके भाग्य में भीख मांगना होता है, वही बचपन में अनाथ हो जाते हैं।

भाव

अलंकार भावों के अभाव का आवरण है।

किसी-किसी समय जब हमारे सद्भाव पराजित हो जाते हैं, तब दुष्परिणाम का भय ही हमें कर्मच्युत होने से बचा लेता है।

दुर्दिन में मन के कोमल भावों का सर्वनाश हो जाता है और उनकी जगह कठोर एवं पाशविक भाव जाग्रत हो जाते हैं।

भाव-संचार का भ्रमण अतीव सुखमय होता है।

जहां भावों का संबंध है, वहां तर्क और न्याय से काम नहीं चलता।

भिक्षुक

भिक्षुक को दुत्कारा जा सकता है, द्वार पर आने से रोका नहीं जा सकता।

भिक्षुक द्वार-द्वार इसलिए जाता है कि एक द्वार से उसकी क्षुधा-तृप्ति नहीं होती।

भिक्षुक राजा की गद्दी पर बैठकर चैन की नींद नहीं सो सकता, उसे अपने चारों ओर शत्रु ही शत्रु दिखाई देंगे।

भीख

भीख भीख की तरह ही दी जाती है, लुटाई नहीं जाती।

भीख मांगना भी किसी-किसी दशा में क्षम्य है।

भिक्षा भी स्वार्थ के लिए ही दी जाती है।

भिखारी

भिखारी के लिए चुटकी बहुत समझी जाती है।

भेख और भीख में सनातन से मित्रता है।

भूल

अपनी भूल अपने ही हाथों सुधर जाए, तो यह उससे कहीं अधिक अच्छा है कि कोई दूसरा उसे सुधारे।

भोग

त्याग ने भोग की ओर सिर झुका दिया, मर्यादा की बेड़ी गले में पड़ी।

भोग-लिप्सा मनुष्य को स्वार्थांध बना देती है।

मुक्त भोग आत्मा के विलास में बाधक नहीं होता।

भोग-विलास, सैर-तमाशे से आत्मा उसी भांति संतुष्ट नहीं होती, जैसे कोई चटनी और अचार खाकर अपनी क्षुधा को शांत नहीं कर सकता।

भोग और विहार के दिन भक्ति और देवाराधना में काटना निराश प्राणियों का अवलंब है।

भोजन

भोजन का उद्देश्य केवल संचालन की शक्ति को उत्पन्न करना है। जब वह शक्ति हमें भोजन करने की अपेक्षा कहीं अधिक आसानी से मिल सकती है, तो उदर को क्यों अनावश्यक वस्तुओं से भरें?

उस भोजन का क्या लाभ कि पेट में पीड़ा होने लगे।

भ्रम

मन में जब एक भ्रम का प्रवेश हो जाता है, तो उसका निकालना कठिन हो जाता है।

मंत्र

भूल जाओ कि तुम सुंदरी हो। आनंदमय जीवन का एक ही मूल मंत्र है – आत्मसमर्पण।

मजहब

मजहब खिदमत का नाम है, लूट और कत्ल का नहीं।

❧

मजहब का बंधन रक्त और वीर्य के बंधन से सुदृढ़ है।

मद / मदिरा

जिसने कभी मदिरा का सेवन न किया हो, मद-लालसा होने पर भी वह उसे मुंह से लगाते हुए झिझकता है।

❧

अधिकार पाकर किसे मद नहीं होता।

❧

मोह का स्थान मन है।

❧

मन एक भीरु शत्रु है, जो सदैव पीठ के पीछे से वार करता है।

❧

दुर्दिनों में मन के कोमल भावों का सर्वनाश हो जाता है और उसकी जगह कठोर एवं पाशविक भाव जाग्रत हो जाते हैं।

❧

अपने दुःखों का अनुभव और दूसरों की आपत्ति का दृश्य बहुधा वह उत्पन्न करता है जो असंग, अध्ययन और मन की प्रवृत्ति से भी संभव नहीं।

❧

जिस प्रकार औषधि शरीर के सब रोगों को दूर कर देती है, उसी प्रकार ईश चिंतन से मन के क्लेश दूर होते हैं।

❧

मन को कर्त्तव्य की डोरी से बांधना पड़ता है, नहीं तो उसकी चंचलता आदमी को न जाने कहां लिए-लिए फिरे।

❧

मन घोड़ा है, जब तक उसे लगाम न दो, पुट्ठे पर हाथ भी न रखने देगा।

❧

मोह-माया का स्थान मन है, घर नहीं।

❧

अपने मन को समझाने के लिए युक्तियों का अभाव कभी नहीं होता। संसार में सबसे आसान काम अपने मन को धोखा देना है।

❧

मन पर जितना गहरा आघात होता है, उसकी प्रतिक्रिया भी उतनी गहरी होती है।

❧

मन का मैल धोने के लिए नयन-जल से उपयुक्त और कोई वस्तु नहीं है।

❧

मन के भाव इच्छा के अधीन नहीं होते।

मनुष्यता

शहरों में मनुष्य बहुत होते हैं, पर मनुष्यता विरले में ही होती है।

मनोरंजन

मनोरंजन नवीनता का दास है और समानता का शत्रु है।

मनोवृत्ति

मनोवृत्तियां सुगंध के समान हैं, जो छिपाने से नहीं छिपतीं।

मर्द

ऐसी ही लौंडियां मर्दों को पसंद आती हैं जिनमें और कोई गुण हो या न हो उनकी टहल दौड़-दौड़ कर प्रसन्न मन से करें, और अपने, भाग्य को सराहें, कि इस पुरुष ने मुझसे यह काम करने को तो कहा।

❧

जब मर्द इधर-उधर ताक-झांक करेगा, तो औरत भी आंख लड़ाएगी। मर्द दूसरी औरत के पीछे दौड़ेगा औरत भी जरूर दूसरे मर्दों के पीछे दौड़ेगी। मर्द का हरजाईपन औरत को भी उतना ही बुरा लगता है, जितना औरत का मर्द को।

❧

घोड़े और मर्द कभी बूढ़े नहीं होते, केवल उन्हें रातिब मिलना चाहिए।

जिस तरह से मर्द के मर जाने से औरत अनाथ हो जाती है, उसी तरह औरत के मर जाने से आदमी के हाथ-पांव कट जाते हैं।

मर्द की उम्र उसका भोजन है।

जो मर्द किसी स्त्री को छेड़ता है, उसे समझ लो कि पल्ले सिरे का कायर, नीच और लंपट है।

मर्यादा

आहत मर्यादा किसी आहत सर्प की भांति ही तड़प उठती है।

कुल मर्यादा युगों में बनती है और क्षण में बिगड़ जाती है।

हमारी मर्यादा हमारे बाद भी जीवित रहती है।

क्षत्रियों को रक्त इतना प्यारा नहीं होता। मर्यादा पर प्राण देना उनका ध र्म है।

मान-मर्यादा खोकर बेहया लोग ही जिया करते हैं।

संसार में मर्यादा से प्रिय कोई वस्तु नहीं है। मर्यादा के लिए प्राण तक दे देते हैं।

❦

कुल मर्यादा संसार की सबसे उत्तम वस्तु है। उस पर प्राण तक न्यौछावर कर दिए जाते हैं।

महत्त्वाकांक्षा

महत्त्वाकांक्षा आंखों पर परदा डाल देती है।

मां

मां के बलिदानों का प्रतिशोध कोई बेटा नहीं कर सकता, चाहे वह भूमंडल का स्वामी ही क्यों न हो।

❦

मां निरादर-अपमान, जली-कटी, घुड़की-झिड़की सब कुछ बच्चों के लिए सह लेती है।

❦

मां-बाप जन्म के साथी होते हैं, किसी के कर्म के साथी नहीं होते।

❦

अपनी संतान का अहित कोई माता नहीं कर सकती।

❦

घर के कोने में और माता के आंचल में बड़ा अंतर है। एक शीतल जल का सागर है, दूसरा मरुभूमि।

❦

मां का हृदय प्रेम में इतना अनुरक्त रहता है कि भविष्य की चिंता और बाधाएं उसे जरा भी भयभीत नहीं करती।

संसार से नाता टूट जाए, धन जाए, धर्म जाए, किंतु लड़के का स्नेह मां के हृदय से नहीं जाता।

मातृत्व

जो देश हित के सामने मातृ-स्नेह की धूल बराबर परवाह नहीं करती, उनके पुत्र देश के लिए होते हैं, देश पुत्र के लिए नहीं होता।

मातृत्व दीर्घ तपस्या है।

मातृहीन बालक संसार का सबसे करुणाजनक प्राणी है। दीन-से-दीन प्राणियों को भी ईश्वर का आधार होता है, जो उनके हृदय को सहलाता रहता है। मातृहीन बालक इस आधार से वंचित होता है।

नारी चरित्र में अवस्था के साथ मातृत्व का भाव दृढ़ होता जाता है। यहां तक कि एक समय ऐसा आता है, जब नारी की दृष्टि में युवक मात्र पुत्र तुल्य हो जाते हैं।

मातृ-प्रेम

जब मां बच्चों का मुंह देखती है, तो वात्सल्य से उसका चित्त गद्‌गद हो जाता है।

मातृ-भक्ति ग्रामीणों का विशिष्ट गुण है।

मातृ-हृदय

माता का हृदय दया का सागर है। उसे जलाओ तो उसमें से दया की ही सुगंध निकलती है। पीसो तो दया का ही रस निकलता है। वह देवी है। विपत्ति की क्रूर लीलाएं भी उस निर्मल और स्वच्छ स्रोत को मलिन नहीं कर सकती।

मान-सम्मान

मान-सम्मान तभी तक है, जब तक किसी के सामने मदद के लिए हाथ न फैलाए जाएं।

❦

मान-वृद्धि महंगी वस्तु है।

मानव-चरित्र

मानव-चरित्र की विशेषता यह है कि हम बहुधा ऐसे काम कर डालते हैं। जिन्हें करने की इच्छा नहीं होती। कोई गुप्त-प्रेरणा हमें इच्छा के विरुद्ध ले जाती है।

❦

मानव-चरित्र न बिल्कुल श्यामल होता है, न बिल्कुल श्वेत। उसमें दोनों ही रंगों का विचित्र सम्मिश्रण होता है, किंतु स्थिति अनुकूल हुई तो वह ऋषितुल्य हो जाता है, प्रतिकूल हुई तो नराधम।

मानव-जीवन

मानव-जीवन में भिन्न अवस्थाओं में भिन्न-भिन्न वासनाओं का प्राबल्य रहता है, बचपन मिठाइयों का समय है, बुढ़ापा रोग का। यौवन प्रेम और लालसाओं का समय है। इस अवस्था में मीना बाज़ार की सैर मन में विप्लव मचा देती है। जो दृढ़ है, लज्जाशील या भावशून्य हैं, वे संभल जाते हैं। शेष फिलसते हैं और गिर पड़ते हैं।

मानसिक

मानसिक सहानुभूति प्राणी को संकट में नहीं डालती।

मित्र

जहां मित्रों से लेन-देन शुरू हुआ, वहां मनमुटाव होते देर नहीं लगती।

खुशी के साथ हंसने वाले बहुतेरे मिल जाते हैं, रंज में जो साथ रोये वही सच्चा मित्र है।

हितैषी मित्र का जितना सम्मान होता है, स्वामीभक्त सेवक का उतना नहीं हो सकता।

मिथ्या

जब तक मिथ्या के भक्त रहेंगे तब तक तलवार की ज़रूरत भी रहेगी।

मिथ्या दूरदर्शी नहीं होती है।

जहां बुद्धि और तर्क का कुछ वश नहीं चलता, वहां मनुष्य मिथ्यावादी हो जाता है।

मुफ़्त

मुफ़्त का धन अकेले नहीं हजम होता।

❦

मुफ़्तखोरों का सत्कार करना पाप है।

मुसीबत

मुसीबत में ही आदमी दूसरों के सामने हाथ फैलाता है।

मुंह / मुख

जैसा मुंह होता है, वैसे ही बीड़े मिलते हैं।

❦

जिस मुंह पर कालिमा लगी हो तो उसे किसी को दिखाने की इच्छा नहीं होती।

❦

मोटा काम मुखाकृति पर असर डाले बिना नहीं रहता। मजदूर सुंदर वस्त्रों में भी मजदूर ही रहता है।

मूर्ति

पत्थर की मूर्ति मानव शरीर से अधिक श्रद्धास्पद होती है।

❦

जो लोग तस्वीरों के सामने सिर झुकाते हैं, उन पर फूल चढ़ाते हैं, वे भी तो पूजा की निंदा करते हैं।

मूर्ख

अगर मूर्ख लोभ और मोह के पंजे में फंस जाए, तो वह क्षम्य है, परंतु विद्या और सभ्यता के उपासकों की स्वार्थांधता अत्यंत लज्जाजनक है।

मृत्यु

मृत्यु उस अनंत यात्रा का एक विश्राम मात्र है, जहां यात्रा का अंत नहीं है, बल्कि नया उत्थान होता है।

जवानी की मृत्यु संसार का सबसे करुण? सबसे अस्वाभाविक और भयंकर दृश्य है।

मृत्यु पहले हमारी सारी ईर्ष्याएं, सारा भेद-भाव, सारा द्वेष नष्ट करती है। जिनकी सूरत से हमें घृणा होती है, उनसे फिर वही पुराना सौहार्द, पुरानी मैत्री करने के लिए, उनको गले लगाने के लिए हम उत्सुक हो जाते हैं।

जब जीवन की अभिलाषाओं का अंत हो जाता है, तो उसे जीवन के अंत (मृत्यु) से क्या डर रह जाता है।

मौत को धोखा देने में आनंद आता है।

जिस मृत्यु पर घर वाले रोएं, वह भी कोई मृत्यु है? वह तो एड़ियां रगड़ना है। वीर मृत्यु वही है, जिस पर बेगाने रोएं।

जीवन की भांति मृत्यु का भी सबसे विशिष्ट आलोक मुख पर ही पड़ता है।

बुलाने से मृत्यु भी नहीं आती।

मोती

मोती समुद्र की तह में मिलते हैं, ऊपर तो बबूले तैरते हैं।

मोह

मोह का स्थान मन है।

मौत और विपत्ति के बीच भी आदमी मोह और माया को बंधन में जकड़ा रहता है।

यंत्रणा

यंत्रणा में सहानुभूति पैदा करने की शक्ति होती है।

यश

यश त्याग से मिलता है, धोखा-धड़ी से नहीं।

युवक

युवकों को मित्र बहुत जल्दी मिल जाते हैं।

युवकों के प्रेम में विकलता होती है और वृद्धों के प्रेम में श्रद्धा।

युवती के लिए पति कैसी-कैसी मधुर कल्पनाओं का होता है।

युवावस्था

युवावस्था आवेशमय होती है। क्रोध से आग हो जाती है, तो करुणा से पानी भी।

युवावस्था में एकांतवास चरित्र के लिए बहुत ही हानिकारक है।

यौवन

अन्य मूल्यवान पदार्थों की तरह रूप और यौवन की रक्षा भी बलवान हाथों से हो सकती है।

अनुराग यौवन, रूप या धन से नहीं उत्पन्न होता। अनुराग से अनुराग उत्पन्न होता है।

यौवन-काल की दुर्वासनाएं बड़ी प्रबल होती हैं।

यौवन प्रेम और लालसाओं का समय है। इस अवस्था में मीना बाज़ार की सैर मन में विप्लव मचा देती है।

संसार की सबसे उत्तम, देव-दुर्लभ वस्तु यौवन है।

यौवन को प्रेम की इतनी क्षुधा नहीं होती, जितनी आत्म-प्रदर्शन की होती है।

स्त्री सब कुछ सह सकती हैं, दारुण से दारुण, दुःख, बड़े से बड़ा संकट, अगर नहीं सह सकती तो अपने यौवन-काल की उमंगों का कुचला जाना।

रंग

हल्दी बिना रंग के नहीं रह सकती।

रमणी

रत्नजड़ित मखमली म्यान में जैसे तेज तलवार छिपी रहती है, जल के कोमल प्रवाह में जैसे असीम शक्ति छिपी रहती है, वैसे ही रमणी का कोमल हृदय साहस और धैर्य को अपनी गोद में छिपाए रहता है।

राज

जो कमाता है उसी का घर में राज होता है। यह दुनिया का दस्तूर है।

राजविमुख प्राणी नर्क का भागी होता है।

राजनीति

अगर किसी का राजनीतिक भाषण विद्रोहात्मक नहीं माना गया, तो समझ लो उसने अपने आंतरिक भावों को गुप्त रखा है।

राजा

राजा लोगों को जहां किसी बात की धुन सवार हुई, फिर उसे पूरा किए बिना न मानेंगे, चाहे उनका राज्य ही क्यों न मिट जाए।

राजा लोग जिसे निकालते हैं कोई-न-कोई दाग भी जरूर लगा देते हैं।

संसार में जिस दिन राजा की ज़रूरत न होगी, उस दिन उनका अंत हो जाएगा।

एक राज्य की कीमत एक आदमी या एक खानदान से कहीं ज़्यादा होती है।

राजा की निगाह चारों ओर दौड़नी चाहिए। अगर उसमें इतनी योग्यता न हो, तो उसे राज्य करने का कोई अधिकार नहीं है।

प्रजा का आशीर्वाद ही राज्य की सबसे बड़ी शक्ति है।

राज्य-पद हमें स्वाधीन नहीं बनाते, बल्कि हमारी आध्यात्मिक पराधीनता को और भी पुष्ट कर देते हैं।

राज्य पशु बल का ही प्रत्यक्ष रूप है।

देश में उसी की राज्य-व्यवस्था होती है, जिसका अधिकार होता है।

राज्य-व्यवस्था का आधार न्याय नहीं, भय है।

राष्ट्र

यदि अनुभवशील सेनापति राष्ट्रों की नींव डालता है, तो आन पर जान देने वाला, मुंह न मोड़ने वाला सिपाही राष्ट्र के भावों को उच्च करता है।

जिन्होंने राष्ट्रों का निर्माण किया है, उनकी कीर्ति अमर हो गई है।

राष्ट्र-सेवा महंगा सौदा है।

रियायत

दुश्मनों के साथ रियायत करना उनको सबसे बड़ी सजा देना है।

रियायत करना अपनी दुर्बलताओं और भ्रांति की घोषणा करना है।

रियायत राजनीति में पराजय की सूचक है।

रिश्वत

अपनी गौ पर कोई नहीं चूकता। ब्राह्मण को ही नहीं ख़ुद ईश्वर ही क्यों न हो, रिश्वत खाने वाले उन्हें भी चूस लेते हैं।

❦

जो किसी से रिश्वत लेता नहीं, वह किसी को देगा कहां से?

❦

रिश्वत अब भी नब्बे फीसदी अभियोगों पर पर्दा डालती है। फिर भी पाप का भय प्रत्येक हृदय में है।

❦

रिश्वत और कर्तव्य दोनों साथ नहीं निभ सकते।

❦

रिश्वत का पैसा देह फुला देता है, बिना हराम की कौड़ी खाए देह फूल ही नहीं सकती।

❦

रिश्वत की कमाई से बरकत नहीं होती।

❦

रिश्वत बुद्धि से, कौशल से, पुरुषार्थ से मिलती है।

❦

रिश्वत लोक और परलोक दोनों को नष्ट कर देती है।

❦

रिश्वती कर्मचारी में दया नहीं होती।

❦

स्त्री को कलंक से उतनी लज्जा नहीं आती, जितनी किसी हाकिम में अपनी रिश्वत का परदा खुलने में आती है।

रूप

रूप और गर्व में चोली-दामन का नाता है।

रूप की चौखट पर बड़े-बड़े महीप नाक रगड़ते हैं।

रंग कैसा ही सुंदर हो, रूप की कमी को पूरा नहीं कर सकता।

रूप इतनी तुच्छ वस्तु नहीं है, वह मन का आईना है।

रूपवान पुरुष की स्त्री का जीवन बहुत सुखमय नहीं होता।

रूप लालित्य संसार का सबसे अमूल्य रत्न है, प्रकृति के रचना-नैपुण्य का सर्वश्रेष्ठ अंश है।

पुरुषों के लिए अगर रूप-तृष्णा निंदाजनक है, तो स्त्रियों के लिए विनाशकारक है।

रूप के लिए आभूषणों की उतनी ही ज़रूरत है जितनी घर के लिए दीपक की।

जो पुरुष रूप का भक्त है, वह प्रेम भक्ति के योग्य नहीं।

रूप से प्रेम मिलता है और प्रेम से दुर्लभ कोई वस्तु नहीं है।

रूपमोह पुरुष का स्वभाव है, लेकिन रूप से हृदय की प्यास नहीं बुझती, आत्मा की तृप्ति नहीं होती। सेवाभाव रखने वाली रूपविहीन स्त्री का पति किसी स्त्री के रूप-जाल में फंस जाए, तो बहुत जल्द निकल भागता है, सेवा का चस्का पाया हुआ मन केवल नखरों और चोचलों पर लट्टू नहीं होता।

रूप और गर्व में दीपक और प्रकाश का संबंध है। गर्व रूप का प्रकाश है।

रुपया / पैसा

रुपए के मामले में पुरुष महिलाओं के सामने कुछ भी नहीं कर सकता।

रुपए आते तो दिखाई देते हैं, पर जाते नहीं दिखाई देते।

पैसे वाले पैसों की कदर नहीं जानते।

पैसे की कदर तब होती है, जब हाथ खाली हो जाता है।

रोग/रोगी

जब रोग असाध्य हो जाता है, तब दवा भी उस पर विष का काम करती है।

तमाखू पीना बुरा रोग है। एक बार पकड़ ले तो ज़िन्दगी भर नहीं छोड़ता।

बड़े आदमियों के रोग भी बड़े होते हैं। वह बड़ा आदमी ही क्या जिसे कोई छोटा रोग हो?

रोग का अंत करने के लिए रोगी का अंत कर देना, न बुद्धिसंगत है, न न्यायसंगत। आग-आग से शांत नहीं होती, पानी से शांत होती है।

रोग का निवारण मौत से नहीं दवा से होता है।

रोगी जब तक बीमार रहता है, तब तक उसे सुध नहीं रहती कि कौन मेरी औषधि करता है और कौन मुझे देखने के लिए आता है।

स्वस्थ आदमी अगर नीम की पत्ती चबाता है तो अपने स्वास्थ्य को बढ़ाने के लिए। वह शौक से पीसता है और शौक से पीता है, पर रोगी वह पत्तियां पीता है तो नाक सिकोड़कर, मुंह बनाकर, झुंझलाकर और अपनी तकदीर को रोकर।

वैद्य एक बार रोगी को चंगा कर दे, फिर रोगी उसके हाथों विष भी खुशी से पी लेगा।

रोटी

आदमी महज रोटी नहीं चाहता, और भी चीज़ें चाहता है।

लक्ष्मी

न्याय और नीति जब लक्ष्मी के ही खिलौने हैं, वह जैसा चाहती है, नचाती है।

लक्ष्मी यदि रक्त और मांस की भेंट लेकर आती है, तो उसका न आना ही अच्छा है।

लगन

परिश्रम और लगन का पुरस्कार नहीं दिया जा सकता है?

मानव जीवन में लगन बड़े महत्त्व की वस्तु है। जिसमें लगन है, वह बूढ़ा भी जवान है, जिसमें लगन नहीं है, वह जवान भी मृतक है।

लगन को कांटों की परवाह नहीं होती।

लज्जा / लज्जित

धनहीन प्राणी को जब कष्ट निवारण का कोई उपाय नहीं रह जाता तो वह लज्जा को त्याग देता है।

लज्जा और विनय ही भारत की देवियों के आभूषण हैं।

पापी पेट! तू सब कुछ कर सकता है। मान और अभिमान, ग्लानि और लज्जा ये सब चमकते हुए तारे मेरी काली घटाओं की ओट में छिप जाते हैं।

लज्जाशीलता रमणियों का सबसे सुंदर आभूषण है।

चोर को अदालत में बेंत खाने से उतनी लज्जा नहीं आती, स्त्री को कलंक लगने से उतनी लज्जा नहीं आती, जितनी किसी हाकिम को अपनी रिश्वत का पर्दा खुलने में आती है।

मर्द लज्जित करता है, तो हमें क्रोध आता है, स्त्रियां लज्जित करती हैं, तो ग्लानि उत्पन्न होती है।

जो अपने होश में नहीं है, उसे किसी की लज्जा और संकोच नहीं होता।

लज्जा ने सदैव वीरों को परास्त किया है। जो काल से भी नहीं डरते, वे भी लज्जा के सामने खड़े होने की हिम्मत नहीं करते।

बहू-बेटियों को सदैव लज्जाशील होना चाहिए।

जो मनुष्य सदैव सर्व-सम्मानित रहा हो, जो सदा आत्माभिमान से सिर उठाकर चलता रहा हो, जिसकी सुकृति की सारे शहर में चर्चा होती रही हो, वह कभी सर्वथा लज्जाशून्य नहीं हो सकता।

लाज की रक्षा के लिए बड़े-बड़े राज्य मिट गए हैं, रक्त की नदियां बह गई हैं और प्राणों की होली खेली गई है।

आदमी बिना गुरुदीक्षा लिए भी अपनी बुराइयों पर लज्जित हो सकता है।

ललकार

सोये हुए धर्म-ज्ञान की सारी संपत्ति लुट जाए, तो व्यक्ति को खबर नहीं होती, परंतु ललकार सुनकर वह सचेत हो जाता है। फिर उससे कोई जीत नहीं सकता।

लात

दुधारु गाय की लात बुरी नहीं लगती है।

लालसा

जो मृत्यु को सम्मुख देखकर भी संसार के भोग्य पदार्थों की ओर मन को चलायमान कर देती है, वही तीव्र लालसा है।

सुख भोग की लालसा आत्मसम्मान का नाश कर देती है।

मनुष्य की अंतिम घड़ी लालसाओं और भावनाओं में व्यतीत होती है।

वकील

वकील का काम अपने मुवक्किल का हित देखना है, सत्य या असत्य का निराकरण करना नहीं।

वकील होना धार्मिक विचारों से शून्य होने का चिह्न है।

वरदान

तपस्या के बिना तो वरदान भी नहीं मिलता।

वर्तमान

हमारे लिए वर्तमान महत्त्वपूर्ण है। भविष्य की चिंता हमें कायर बना देती है, भूत का भार हमारी कमर तोड़ देता है। हमारे जीवन की शक्ति इतनी कम है कि भूत और भविष्य में फैला देने से वह और भी क्षीण हो जाती है। हम व्यर्थ का भार अपने ऊपर लादकर, रूढ़ियों और विश्वासों के इतिहास के नीचे दबे पड़े हैं, उठने का नाम ही नहीं लेते हैं।

वासना

वासना के आगे विवेक भी झुक जाता है।

वासना उम्र के साथ बढ़ती जाती है।

❦

जो विवाह को केवल वासना की तृप्ति का साधन समझता है, धर्म का बंधन नहीं समझता, वह पशु के समान है।

विचार

लोकाचार और हमारे हृदय में जमे हुए विचार हमारे जीवन में आकस्मिक परिवर्तन नहीं होने देते।

विजय

मनोवृत्ति का परिवर्तन ही हमारी असली विजय है।

❦

विजय बहिर्मुखी होती है, पराजय अंतर्मुखी।

विज्ञान

विज्ञान में इतनी विभूति है कि वह काल के चिह्नों को भी मिटा दे।

❦

विज्ञान अगर प्राणियों का उपकार न करे, तो उसका मिट जाना ही अच्छा है। केवल जिज्ञासा को शांत करने, विलास में योग देने या यथार्थ की सहायता करने में योग करना उसका दुरुपयोग करना है।

विदेशी

यह विदेशी सभ्यता का निकृष्टतम स्वरूप है कि देश का बुद्धिबल स्वयं धनोपार्जन न करके दूसरों की पैदा हुई दौलत पर चैन करता है। शहद की मक्खी न बनकर, चींटी बनना अपने जीवन का लक्ष्य समझता है।

विद्या

जो विद्या की ओर ध्यान नहीं देता और समय को व्यर्थ नष्ट करता है, वह सदा मनुष्य-जन्म के फूल से वंचित रहता है।

विद्या का धर्म आत्मिक उन्नति है।

विद्या का प्रचार होने से प्रायः सभी प्राणी कुछ-न-कुछ उदार हो जाते हैं।

जो विद्या घमंडी बना दे उससे मूर्ख ही अच्छा।

वह विद्या और शक्ति नहीं है, जिसमें पुरुष ने संसार को हिंसा क्षेत्र बना डाला है। यदि वही विद्या और शक्ति स्त्री ले लेंगी, तो संसार मरुस्थल हो जाएगा। नारी की विद्या और शक्ति हिंसा और विध्वंस में नहीं, सृष्टि और पालन में है।

विद्यालय

विद्यालय में विनोद की जितनी लीलाएं होती रहती हैं, वे यदि एकत्रित की जा सकें, तो मनोरंजन की बड़ी उत्तम सामग्री हाथ आए। वहां अधिकांश छात्र जीवन की चिंताओं से मुक्त रहते हैं। उनका क्रियाशील उत्साह कभी विद्यालय के नाट्य मंच पर प्रकट होता है, कभी विशेष उत्सवों के अवसर पर।

विद्वान

कितनी विचित्र दशा है कि जो जितना ही बड़ा विद्वान है, वह उतना ही बड़ा स्वार्थ-सेवी है। बस, हमारी सारी विद्या और बुद्धि, हमारा सारा उत्साह और अनुराग धन-लिप्सा से ग्रसित है।

विधवा

विधवा का जीवन तप है। लोकमत इसके विपरीत कुछ नहीं देख सकता।

विपत्ति

विपत्ति में हमारा मन अंतर्मुखी हो जाता है।

❧

यदि ऐसे मनुष्य हैं, जिन्हें विपत्ति से उत्तेजना और साहस मिलता है, तो ऐसे भी मनुष्य हैं, जो आपत्तिकाल में कर्त्तव्यहीन, पुरुषार्थहीन और उद्यमहीन हो जाते हैं।

❧

विपत्ति पुराने घावों को बढ़ाती है, संपत्ति उन्हें भर देती है।

❧

विपत्ति से बढ़कर अनुभव सिखाने वाला कोई विद्यालय आज तक नहीं खुला।

❧

विपत्ति में हम परमुखापेक्षी हो जाते हैं।

❧

जब हमारे ऊपर कोई बड़ी विपत्ति आ पड़ती है, तो उससे हमें केवल दुःख ही नहीं होता, हमें दूसरों के ताने भी सुनने पड़ते हैं।

विपत्ति में जिस हृदय में सद्ज्ञान उत्पन्न न हो, वह एक ऐसा सूखा वृक्ष है, जो पानी पीकर पनपता नहीं बल्कि सड़ जाता है।

जब हमारे ऊपर कोई विपत्ति आ पड़ती है, तो उससे हमें केवल दुःख ही नहीं होता, हमें दूसरों के ताने भी सहने पड़ते हैं।

विपन्नता

विपन्नता को भुलाने का मनुष्य के पास कोई साधन नहीं है, इसके सिवा वह रोए।

विरक्ति

नैराश्य की अंतिम अवस्था विरक्ति होती है।

विरक्ति हिंसा से भी अधिक हिंसात्मक होती है।

विराग

जब आदमी को कोई आशा नहीं रहती, तो वह मर जाना चाहता है। यह विराग नहीं है। विराग ज्ञान से होता है और उस दशा में किसी को घर से निकल भागने की आवश्यकता नहीं रहती।

ज्ञान से जागे हुए विराग में चाहे मोह का संस्कार हो, पर नैराश्य से जागा हुआ विराग अचल होता है।

विलास / विलासी / विलासिनी

विलासिनी मनोरंजन कर सकती है, चिरसंगिनी नहीं बन सकती। पुरुष के गले से लिपटी हुई भी वह उससे कोसों दूर रहती है।

❧

हमारी बहनें पश्चिम का आदर्श ले रही हैं, जहां नारी ने अपना पद खो दिया है और स्वामिनी से गिरकर विलास की वस्तु बन गई है। पश्चिम की स्त्रियां स्वच्छंद होना चाहती हैं, इसलिए कि वे अधिक-से-अधिक विलास कर सकें। हमारी माताओं का आदर्श कभी विलास नहीं रहा है। उन्होंने केवल सेवा के अधिकार से सदैव गृहस्थी का संचालन किया है। पश्चिम में जो चीज़ें अच्छी हैं, वह उनसे लीजिए। संस्कृति में आदान-प्रदान होता आया है, लेकिन अंधी नकल तो मानसिक दुबर्लता का ही लक्षण है।

विवाह

विवाह सामाजिक समझौता है, उसे तोड़ने का अधिकार न पुरुष को है न स्त्री को।

❧

जीविका का प्रश्न हल हो जाने के बाद ही विवाह शोभा देता है।

❧

जो विवाह को धर्म का बंधन नहीं समझता है, उसे केवल वासना की तृप्ति का साधन समझता है, वह पशु है।

❧

बेटे का विवाह करना आसान है, पर कन्या के विवाह में आबरू निबाह ले जाना कठिन है।

❦

विवाह एक धार्मिक व्रत है, एक आत्मिक प्रतिज्ञा है। जब हम गृहस्थाश्रम में प्रवेश करते हैं, जब हमारे पैरों में धर्म की बेड़ी पड़ती है। जब हम सांसारिक कर्तव्य के सामने अपने सिर को झुका देते हैं, जब जीवन का भार और उसकी चिंताएं हमारे सिर पर पड़ती हैं, तब ऐसे पवित्र संस्कार के अवसर पर हमको गांभीर्य से काम लेना चाहिए।

❦

विवाह एक प्रकार का समझौता है, दोनों पक्षों को अधिकार है कि आपसी सहमति से जब चाहे उसे तोड़ दें।

❦

विवाह का उद्देश्य भोग नहीं आत्मा का विकास है।

❦

विवाह का संबंध देह से नहीं आत्मा से है।

❦

विवाह का सबसे ऊंचा आदर्श उसकी पवित्रता और स्थिरता है। पुरुषों ने सदैव इस आदर्श को तोड़ा है, स्त्रियों ने निबाहा है। अब पुरुषों का अन्याय स्त्रियों को किस ओर ले जाएगा नहीं कहा जा सकता।

❦

नारी के लिए विवाह सेवा और त्याग का व्रत है।

❦

विवाह मनुष्य को सुमार्ग पर रखने का सबसे उत्तम साधन है, जिसे अब तक मनुष्य ने आविष्कृत किया है।

जो पुरुष व्यभिचार का दार्शनिक सिद्धांतों से समर्थन कर सकता है, जिसकी आंखों में विवाह जैसे पवित्र बंधन का कोई मूल्य नहीं है, न वह किसी स्त्री का हो सकता है और न किसी को अपना बना सकता है।

विवाह आत्म-विकास का एक साधन है। स्त्री-पुरुष के संबंध का यदि कोई अर्थ है, तो यही है।

विवाह का उद्देश्य यही और केवल यही है कि स्त्री और पुरुष एक-दूसरे की आत्मोन्नति का मुख्य साधन हैं।

जो लोग बेटियों के विवाह की कठिनाइयों को भोग चुके होते हैं, वही अपने बेटों के विवाह के अवसर पर बिल्कुल भूल जाते हैं कि हमें कितनी ठोकरें खानी पड़ी थीं। वे जरा भी सहानुभूति प्रकट नहीं करते, बल्कि कन्या के विवाह में जो तावान उठाया था, उसे चक्रवृद्धि ब्याज के साथ बेटे के विवाह में वसूल करने पर कटिबद्ध हो जाते हैं।

पुत्री का विवाह एक ऐसी समस्या है जो बड़े-बड़े हेकड़ों का घमंड चूर-चूर कर देती है।

विश्वास / विश्वासघात

विश्वास प्रेम की पहली सीढ़ी है।

जिस मनुष्य के चित्त से विश्वास जाता रहता है, उसे मृतक समझना चाहिए।

❦

विश्वास मैत्री का मुख्य अंग है।

❦

विश्वास से विश्वास उत्पन्न होता है और अविश्वास से अविश्वास। यही प्राकृतिक नियम है।

❦

लेने-देन के मामले में वादा पूरा न करना विश्वासघात है।

❦

विश्वासघात विष से कम घातक नहीं होता।

❦

बिना विश्वास के प्रेम हो ही कैसे सकता है।

❦

कुलीनता अपने साथ विश्वास का वरदान लिए आती है। उसके साहचर्य में हमें कभी संदेह नहीं होता।

विषय-भोग

विषय-भोग में धन का ही सर्वनाश नहीं होता, इससे कहीं अधिक बुद्धि और बल का भी नाश होता है।

वीर

गृहदाह में जलने वाले वीर रणक्षेत्र के वीरों से कम महत्त्वशाली नहीं होते।

❧

वीर पुरुष दयालु होते हैं, असहायों पर, स्त्रियों पर और दुर्बलों पर उन्हें क्रोध नहीं आता।

❧

वीरों की सदैव विजय नहीं होती।

❧

अन्याय के सामने जो छाती खोलकर खड़ा हो जाए वही सच्चा वीर होता है।

वीरता / वीरत्व

कायरता की भांति वीरता भी संक्रामक होती है।

❧

वीरता ही मनुष्य का सबसे उज्ज्वल गुण है।

❧

योद्धाओं के लिए वीरगति से बढ़कर और कौन-सी मृत्यु हो सकती है? इससे बढ़कर उनकी वीरता का और क्या पुरस्कार मिल सकता है? यह रोने का नहीं, आनंद मनाने का अवसर है।

❧

रसिकों के हास-विलास, गुंडों के रूप-रंग और डकैतों के दांव-घात का वीरत्व की दृष्टि में रत्ती भर भी मूल्य नहीं।

सुंदरियों के सम्मुख योद्धाओं की वीरता अजेय हो जाती है। रमणी के वचन-वाण योद्धाओं के लिए आत्म-समर्पण के गुप्त संदेश हैं। उसकी एक चितवन कायरों में भी पुरुषत्व प्रवाहित कर देती है।

वीरात्मा

वीरात्माएं सत्कार्य में विरोध की परवाह नहीं करतीं और अंत में उस पर विजय ही पाती हैं।

वेतन

मासिक वेतन तो पूर्णमासी का चांद है, जो एक दिन दिखाई देता है और घटते-घटते लुप्त हो जाता है।

वेश्या

वेश्या की लड़की अगर वेश्या हो तो कोई आश्चर्य नहीं है।

वेश्याएं विचार शून्य नहीं, भावशून्य नहीं, बुद्धिहीन नहीं, लेकिन माया के हाथों में पड़कर उनकी सारी सद्वृत्तियां उल्टे मार्ग पर जा रही हैं। तृष्णा ने उनकी आत्माओं को निर्बल और निश्चेष्ट बना दिया है।

वैधव्य

कोई वेदना इतनी दुस्सह, इतनी हृदय-विदारक नहीं हो सकतीं जितना कि वैधव्य!

वैधव्य यातना नहीं, जीवोद्धार का साधन है।

वैराग्य

अपने दुःखों का अनुभव और दूसरों की आपत्ति का दृश्य बहुधा वह वैराग्य उत्पन्न करता है जो असंगत, अध्ययन और मन की प्रवृत्ति से भी संभव नहीं है।

❦

निर्बल क्रोध ही तो वैराग्य है।

❦

वैराग्य तो मन से होता है। संसार में रहे पर संसार का होकर न रहे, इसी को वैराग्य कहते हैं।

❦

ईश्वर की इच्छा होती है तभी मन में वैराग्य आता है।

वैरागी

आत्मानुराग में निमग्न वैरागी तो वन में रह सकता है, परंतु एक स्त्री जिसकी अवस्था हंसने-खेलने में व्यतीत हुई हो, बिना किसी नौका के सहारे विराग सागर को किस प्रकार पार करने में समर्थ हो सकती है।

❦

जब तक मन वैरागी न होंगे, दुःख से नहीं बच सकते।

व्यथा

मित्रों से अपनी व्यथा कहते समय हम बहुधा अपना दुःख बढ़ाकर कहते हैं।

व्रत

व्रत केवल एक निरर्थक बंधन का नाम है। इतना महत्त्वपूर्ण नाम देकर हमने उस कैद को धार्मिक रूप दे दिया है।

शत्रु

संसार में शत्रु का आदर मित्रों से अधिक होता है।

शराफत

शराफत ठाट-बाट बढ़ाने में नहीं, अपनी आबरू बनाने में है।

शराफत रोग है और कुछ नहीं।

शराबी

शराबियों की तोबा कच्चे धागे से मजबूत नहीं होती।

शासन

प्रेम से शासन करना मानवता है, अन्याय से शासन करना बर्बरता है।

शासन का प्रधान कर्तव्य भीतर और बाहर की अशांतिकारी शक्तियों से देश को बचाना है। शिक्षा और चिकित्सा, उद्योग और व्यवसाय गौण हैं।

शिकायत

शिकायत दुर्बलता का प्रमाण है।

शिकार / शिकारी

शेर को भी मांद में बैठे-बैठे शिकार नहीं मिलता।

❦

हिरन भी तो भागने की राह न पाकर शिकारी पर चोट कर बैठता है।

❦

हंस को यह शोभा नहीं देता कि वह मानसरोवर की आनंदमयी शांति को छोड़कर चिड़ियों का शिकार करने लगे।

शिक्षा / शिक्षित

जो शिक्षा हमें निर्बलों को सताने के लिए तैयार करे, जो हमें धरती और धन का गुलाम बनाए, जो हमें भोग-विलास में डुबाए, जो हमें दूसरों का रक्त पीकर मोटा होने का इच्छुक बनाए वह शिक्षा नहीं, भ्रष्टता है।

❦

जब कोई शिक्षित और विनयशील मनुष्य अपने वचन का पालन न करे, तो यह समझना चाहिए कि वह विवश है।

❦

किसी की जो बात समाज को अच्छी नहीं लगती, उसका दोष उसकी शिक्षा के माथे मढ़ दिया जाता है।

❦

अंग्रेज़ी दीक्षा ने ऐसा पद-दलित कर दिया है कि जब तक यूरोप का कोई विद्वान किसी विषय के गुण-दोष प्रकट न करे, तब तक आप उस विषय की ओर से उदासीन रहते हैं।

❦

कभी-कभी उन लोगों से शिक्षा मिलती है, जिन्हें हम अज्ञानवश अज्ञानी समझते हैं।

❧

शिक्षा का फल उदारता, त्याग, सद्‌इच्छा, सहानुभूति, न्यायपरकता और दयाशीलता है।

❧

असली शिक्षा स्कूल छोड़ने के बाद ही शुरू होती है।

❧

अगर शिक्षा कुल-मर्यादा को डुबाना सिखाती है, तो कु-शिक्षा है।

❧

ऊंची शिक्षा का यह अर्थ नहीं कि हम दूसरों को नीचा समझें।

शोक

निज पुत्र की मृत्यु का शोक जाति पर पड़ने वाली विपत्ति से कहीं अधिक होता है। निज शोक मर्मांतक होता है, जाति-शोक निराशाजनक। निज शोक पर हम रोते हैं, जाति-शोक पर चिंतित हो जाते हैं।

❧

विपत्ति में शोक और भी दुस्सह हो जाता है।

❧

शोक की सीमा कंठावरोध है, शुष्क और दाहयुक्त आनंद की सीमा भी कंठावरोध है, पर आर्द्र और शीतल।

श्रद्धा

प्रेम में कुछ मान भी होता है, कुछ महत्त्व भी। श्रद्धा तो अपने को मिटा डालती है और अपने मिट जाने को ही अपना इष्ट बना लेती है।

श्रद्धा तो ज्ञानियों और साधुओं ही के अधिकार की वस्तु है।

संकट में हम धर्म-भीरु हो जाते हैं, औषधियों से निराश होकर देवताओं की शरण लेते हैं।

संकोच

कतिपय मनुष्यों को अपनी प्रशंसा सुनने से जितना संकोच होता है, उतना ही किसी दूसरे की प्रशंसा करने से होता है।

प्रेममय आग्रह संकोच का लंगर उखाड़ फेंकता है।

हम मोह और संकोच में पड़कर अपने जीवन के सुख और शांति का होम कर देते हैं।

भलाई करके बुराई करने में तो लज्जा और संकोच है। बुराई करके भलाई करने में कोई संकोच नहीं।

संगीत

संगीत ऐसा होना चाहिए कि दिल पर असर पड़े। जिस गायन में मन में भक्ति, वैराग्य, प्रेम और आनंद की तरंगें न उठें, वह संगीत नहीं है।

मनोव्यथा जब असह्य और अपार हो जाती है, तब उसे कहीं ऋण नहीं मिलता, जब वह रुदन और क्रंदन की गोद में भी आश्रय नहीं पाती, तो वह संगीत के चरणों में आ गिरती है।

संगीत के आनंद में विस्मृति है, पर वह विस्मृति कितनी स्मृतिमय होती है, अतीत को जीवन और प्रकाश से रंजित करके प्रत्यक्ष करने की शक्ति संगीत के सिवा और कहां है।

संघर्ष

संघर्ष की गरमी में चोट की व्यथा नहीं होती, पीछे से टीस होने लगती है।

संतान

संतान किसको प्यारी नहीं होती? कौन उसे सुखी नहीं चाहता? पर उस पर अपना काबू भी होना चाहिए।

संतान को विवाहित देखना बुढ़ापे की सबसे बड़ी अभिलाषा है।

संतान वह सबसे कठिन परीक्षा है जो ईश्वर ने मनुष्य को परखने के लिए गढ़ी है।

संतान ही आकांक्षों का स्रोत है, चिंताओं का आधार, प्रेम का बंधन और जीवन का सर्वस्व है।

संतोष

संतोष को क़भी नहीं छोड़ना चाहिए। इस मंत्र से कठिन-से-कठिन समय में भी मन विचलित नहीं होता।

अगर संतोष मूर्खता है, तो संसार के नीति ग्रंथ, उपनिषदों से लेकर कुरान तक मूर्खता के ढेर हो जाएंगे। संतोष से अधिक और किसी तप की महिमा नहीं पाई गई है।

संतोष दरिद्रता का दूसरा नाम है।

सुख का मूल संतोष है। एक आदमी जल और स्थल के सारे रत्न पाकर ग़रीब रह सकता है, दूसरा फटे वस्त्रों और सूखी रोटियों से भी धनी हो सकता है।

सुख संतोष से प्राप्त होता है। विलास से सुख कभी नहीं मिल सकता।

विलास वृत्ति संतोष करना नहीं जानती।

संतोष सब कुछ कर सकता है, किंतु बेटे का प्रेम मां के हृदय से नहीं निकाल सकता।

संदेह

किसी पर संदेह करने से अपना चित्त मलिन होता है।

❦

दुःखी आत्मा दूसरों की नेकनीयती पर संदेह करने लगती है।

❦

जो आदमी मूंग की दाल और मोटे आटे के दो फुल्के खाकर भी नमक सुलेमानी का मोहताज हो, उसके छैलपन पर उन्माद का संदेह हो, तो आश्चर्य क्या है?

❦

शक करने से आदमी शक्की हो जाता है और तब बड़े-बड़े अनर्थ हो जाते हैं।

❦

संदेह वह चोट है, जिसका उपचार जल्द न हो, तो नासूर पड़ जाता है और फिर अच्छा नहीं होता है।

संपादक

कर्तव्य के आगे व्यक्ति कोई चीज़ नहीं है। संपादक अगर अपना कर्तव्य पूरा न कर सके, तो उसे इस आसन पर बैठने का कोई हक नहीं।

❦

पत्र का संपादक परंपरागत नियमों के अनुसार जाति का सेवक है।

पत्र-संपादक अपनी शांति कुटीर में बैठा हुआ कितनी धृष्टता और स्वतंत्रता के साथ अपनी प्रबल लेखनी में मंत्रिमंडल पर आक्रमण करता है।

संपादक की सबसे शानदान मौत यही है कि वह न्याय और सत्य की रक्षा करता हुआ अपना बलिदान कर दे।

संबंध

इंजीनियरों का ठेकेदारों से ऐसा ही संबंध है जैसा मधुमक्खियों का फूलों से।

संवेदना

रोगी को देख आना एक बात है, दवा लाकर उसे देना दूसरी बात है। पहली बात शिष्टाचार से होती है, दूसरी सच्ची संवेदना से।

संसार

संसार एक रणक्षेत्र है। इस मैदान में उसी सेनापति को विजय लाभ होता है, जो अवसर को पहचानता है।

अंतिम समय जब संसार की असारता कठोर सत्य बनकर आंखों के सामने खड़ी हो जाती है, तो जो कुछ न किया, उसका खेद और जो कुछ किया, उस पर पश्चात्ताप, मन को उदार और निष्कपट बना देता है।

जिसका संसार में कोई न हो, उसके लिए देश-प्रदेश बराबर।

संसार में गुणियों का अभाव नहीं, गुणज्ञों का अभाव है।

संसार अच्छों के लिए अच्छा है, बुरों के लिए बुरा।

संस्कार

हमें इस तरह अपने संस्कार करने चाहिए कि समाज अपने अन्याय पर लज्जित हो, न कि हमारे आचरण ऐसे भ्रष्ट हो जाएं कि दूसरों की निगाह में यह तिरस्कार औचित्य का स्थान पा जाए।

सच्चा / सच्चाई

सच्ची बात विश्वासोत्पादक होती है।

सच्चे आदमी को हम धोखा नहीं दे सकते।

सच्चाई स्वयं अपना ईनाम है।

सच्चाई का रुपए से कुछ संबंध नहीं है। सत्यवादी मनुष्य को कितना ही कम वेतन क्यों न दिया जाए, वह सत्य नहीं छोड़ेगा, और न अधिक वेतन पाने से बेईमान सच्चा बन सकता है।

सज्जनता

सत्य और न्याय का समर्थन मनुष्य की सज्जनता और सभ्यता का एक अंग है।

कोई आदमी अपने बुरे आचरण पर लज्जित होकर सत्य का उद्‌घाटन करे, छल और कपट का आवरण हटा दे तो वह सज्जन है।

थोड़े से रुपयों के लिए किसी के पीछे पंजे झाड़कर पड़ जाना सज्जनता नहीं है।

सज्जनता और भलमनसी आदि ऊपर की बातें हैं, दिल से नहीं जबान से कही जाती हैं। स्वार्थ दिल की गहराइयों में बैठा रहता है। वह गंभीर विचार का विषय है।

सच्ची सज्जनता भी दरिद्रों और नीचों के ही पास रहती है।

सज्जनों से अपनी विपत्ति कहकर चित्त शांत होता है।

तलवार का मुंह ताकने वाला सत्य ही मिथ्या है।

नन्हे-नन्हे हाथों से समुद्र के प्रवाह को रोकने वाले साहस का एक ही स्रोत हो सकता है और वह है सत्य पर अटल विश्वास।

सत्य की कभी हार नहीं होती।

सत्य चाहे सिर कटा दे, लेकिन कदम पीछे नहीं हटाता।

सत्य पर विश्वास रखना प्रत्येक मनुष्य का धर्म है। जिस मनुष्य के चित्त से विश्वास जाता रहता है उसे मृतक समझना चाहिए।

सत्य से आत्मा भी बलवान हो जाती है।

जिसे तलवार का आश्रय लेना पड़े वह सत्य ही नहीं है।

सत्य की एक चिनगारी असत्य के एक पहाड़ को भस्म कर सकती है।

डरपोक प्राणियों में सत्य भी गूंगा हो जाता है।

सत्यवादी

सत्यवादी मनुष्य पर कोई विपत्ति है, तो लोग उसके साथ सहानुभूति करते हैं।

सदिच्छा

थोड़ी-सी सदिच्छा सारी विषमताओं और मतभेदों का प्रतिकार कर देती है।

सद्व्यवहार

यदि सद्व्यवहार जीवित है, तो वह झोंपड़ों और ग़रीबों में ही है।

संन्यास

कामना से उत्पन्न हुए कर्मों के त्याग को ज्ञानी संन्यास के नाम से जानते हैं।

सफलता

किसी कठिन कार्य में सफल हो जाना आत्म-विश्वास के लिए संजीवनी के समान है।

❧

सफलता में दोषों को मिटाने की विलक्षण शक्ति है।

❧

आकस्मिक सफलता में कभी-कभी संदेह बाधा डालता है।

सभ्य / सभ्यता

भौतिकता पश्चिमी सभ्यता का मूल तत्व है। वहां किसी काम की प्रेरणा आर्थिक लाभ के आधार पर होती है। वहां के माता-पिता भोग के दास होकर बच्चों को जल्द से जल्द कुछ कमाने को मजबूर करते हैं। इसके विपरीत भारतीय जीवन से सात्विक झलकता है। हम उस वक्त तक अपने बच्चों से मजदूरी नहीं कराते जब तक कि परिस्थिति हमें विवश न कर दे।

❧

सभ्यता केवल हुनर के साथ ऐब करने का नाम है।

जिस सभ्यता की स्प्रिट स्वार्थ हो, वह सभ्यता नहीं है, संसार के लिए अभिशाप है, समाज के लिए विपत्ति है।

यदि हमें सभ्य बनना है, तो सभ्य देशों के पद चिह्नों पर चलना पड़ेगा।

समझौता

आदर्श समझौता वही है, जो जीवनपर्यंत रहे।

समय

समय को हम कुछ नहीं कह सकते। समय की निंदा व्यर्थ और भूल है, यह मूर्खता और अदूरदर्शिता का फल है।

समर्थ

समर्थ पुरुषों को बात लग जाती है, तो प्राण ले लेते हैं। सामर्थ्यहीन पुरुष अपनी ही जान पर खेल जाता है।

समाज

कर्तव्य का पालन न करना समाज की नाक काटना है।

यह नियम है कि जब हमारा कोई अंग विकृत हो जाता है, तो उसे काट डालते हैं, जिससे उसका विष समस्त शरीर को नष्ट न कर डाले। समाज में इसी नियम का पालन होना चाहिए।

समाज की ऐसी व्यवस्था, जिसमें कुछ लोग मौज करें और अधिक लोग पिसें और खपें, कभी सुखद नहीं हो सकती।

समाज तो भय के बल से चलता है, आज समाज का अंकुश जाता रहे, फिर देखो संसार में क्या-क्या अनर्थ होने लगते हैं!

समाज व्यक्ति से ही बनता है, और व्यक्ति को भूलकर हम किसी व्यवस्था पर विश्वास नहीं कर सकते हैं।

समाज की सारी व्यवस्था, सारा संगठन, संपत्ति रक्षा के आधार पर हुआ है। इस संपत्ति को प्रधान और व्यक्ति को गौण कर दिया है।

संपन्न / संपन्नता

संपन्नता बहुत कुछ मानसिक व्यथाओं को शांत करती है।

एक संपन्न आदमी के सामने समृद्धि की निंदा करना उचित नहीं है।

संपन्नता अपमान और बहिष्कार को तुच्छ समझती है।

सर्वस्व

सर्वस्व लुट जाने के बाद फिर किसी भी बात की शंका व डर नहीं रह जाता।

सहानुभूति

क्रियात्मक सहानुभूति ग्राम-निवासियों का प्रमुख गुण है।

❧

संपत्ति की अट्टालिका तक पहुंचने में दूसरों की ज़िन्दगी ही जीनों का काम देती है। आप कुचलकर ही लक्ष्य तक पहुंच सकते हो। वहां सौजन्य और सहानुभूति का स्थान ही नहीं है।

सहारा

साहसी पुरुष का कोई सहारा नहीं होता, तो वह चोरी करता है। कायर पुरुष का कोई सहारा नहीं होता, तो वह भीख मांगता है।

साथी

जो अंत तक साथ निभाए, ऐसा साथी पत्नी के सिवा दूसरा नहीं है।

सादा

सादा पवित्र जीवन सबसे बड़ा सुख है।

सामर्थ्य

अपने सामर्थ्य का ज्ञान हमें शीलवान बना देता है।

❧

जो मनुष्य ब्राह्मण को नेवता देता है, वह उसे दक्षिणा देने की भी सामर्थ्य रखता है।

साहित्य

जिस साहित्य से हमारी सुरुचि न जागे, आध्यात्मिक और मानसिक तृप्ति न मिले। हम में गति और शक्ति न पैदा हो। हमारा सौंदर्य प्रेम न जाग्रत् हो, जो हममें संकल्प और कठिनाइयों पर विजय पाने की सच्ची दृढ़ता न उत्पन्न करे, वह हमारे लिए बेकार है, वह साहित्य कहलाने का अधिकारी नहीं है।

सिंहासन

देवता भी अधिकार के सिंहासन पर पांव रखते ही अपना देवत्व खो बैठता है।

सिद्धि

बिना तप के सिद्धि भी नहीं मिलती।

सिपाही

सिपाही की बहादुरी का प्रमाण है उसकी तलवार—उसकी जबान नहीं।

सुख

सुख भोग की लालसा आत्म-सम्मान का सर्वनाश कर देती है।

❦

जिस सुख भोग से प्रारब्ध हमें वंचित कर देता है, उससे हमें द्वेष हो

जाता है। ग़रीब आदमी इसीलिए तो अमीरों से जलता है और धन की निंदा करता है।

केवल सुख से जीवन व्यतीत करना ही हमारा ध्येय नहीं। हमारी मान-प्रतिष्ठा और कीर्ति सुख भोग ही से तो नहीं हुआ करती!

जीवन का सुख दूसरों को सुखी करने में है, उनका लूटने में नहीं।

अगर सुख भोगना है, तो उसे उसके दोषों के साथ भोगना पड़ेगा। विज्ञान ने कोई ऐसा उपाय नहीं निकाला कि इस सुख के कांटों को अलग कर सकें।

सुधारक

उपहास और विरोध तो सुधारक के पुरस्कार हैं।

सुंदरता

नेत्रों का सुंदरता से घना संबंध है।

सुंदरता को अलंकारों की ज़रूरत नहीं है। कोमलता अलंकारों का भार नहीं सह सकती।

सुंदरता मनोभावों पर निर्भर होती है।

सौंदर्य का आधिपत्य धन के आधिपत्य से कम दुर्निवार नहीं होता।

सुभार्या

सुभार्या स्वर्ग की सबसे बड़ी विभूति है जो मनुष्य के चरित्र को उज्ज्वल और पूर्ण बना देती है, जो आत्मोन्नति का मूल-मंत्र है।

सृष्टि

सृष्टि रचना महात्माओं के हाथ का काम नहीं है, ईश्वर का काम है।

सेवक

लोग जाति और देश के सेवक तो बनना चाहते हैं, पर जरा भी कष्ट उठाना नहीं चाहते।

सेवा

गृहस्थी में फंसकर कोई तन-मन से सेवा कार्य नहीं कर सकता।

जनता पर उसी आदमी का असर पड़ता है, जिसमें सेवा का गुण हो।

जाति सेवकों से सभी दृढ़ता की आशा रखते हैं और सभी उसे आदर्श पर बलिदान होते देखना चाहते हैं।

जो अपने घर वालों की सेवा न कर सका वह जाति की सेवा कभी नहीं कर सकता। घर सेवा-सीढ़ी का पहला डंडा है। इसे छोड़कर तुम ऊपर नहीं जा सकते।

दीन-दुखी एवं पीड़ित बंधुओं की सेवा करने में जो गौरवयुक्त आनंद मिलता है, वह सभ्य समाज की दावतों में नहीं प्राप्त होता है।

वाचालता और कोरी कलम घिसने से देश-सेवा नहीं होती।

सेवा और उपकार बहुधा ऐसे रूप ग्रहण कर लेते हैं, जिन्हें कोई शासन स्वीकार नहीं कर सकता और प्रत्यक्ष या अप्रत्यक्ष रूप से उसे उनका मूलोच्छेद करने के प्रयत्न करने पड़ते हैं।

सेवा का महत्त्व रूप से कहीं अधिक है। रूप मन को मुग्ध कर सकता है, पर आत्मा को आनंद पहुंचाने वाली कोई दूसरी ही वस्तु है।

सेवा मनुष्य की स्वाभाविक वृत्ति है। सेवा ही उसके जीवन का आधार है।

सेवा स्वयं अपना पुरस्कार है।

सेवा ही वास्तविक संन्यास है। संन्यासी केवल अपनी मुक्ति का इच्छुक होता है। सेवा व्रतधारी अपने को परमार्थ की वेदी पर बलि दे देता है।

संन्यास स्वार्थ है, सेवा त्याग है।

जिस हृदय में स्रोत बह रहा हो – स्वाधीन सेवा का, उसमें वासना के लिए स्थान कहां है?

संसार में सबसे बड़े अधिकार सेवा और त्याग में मिलते हैं।

सौंदर्य

चित्त की शांति ही वास्तविक सौंदर्य है।

मैंने कभी सौंदर्य को वासना की दृष्टि से नहीं देखा। मैं सौंदर्य की उपासना करता हूं, उसे अपने आत्म-निग्रह का साधन समझता हूं और उससे आत्म-बंद ग्रहण करता हूं।

सौंदर्य जीवन-सुधा है। मालूम नहीं इसका असर इतना घातक क्यों होता है?

सर्प जितना सुंदर होता है उतना ही विषाक्त होता है।

सौंदर्य और अज्ञान में अपवाद है। सुंदरी कभी भोली नहीं होती। वह पुरुष के मनस्थल पर आसन जमाना जानती है।

सौभाग्य

सौभाग्य उन्हीं को प्राप्त होता है, जो अपने कर्तव्य-पथ पर अग्रसर रहते हैं।

स्त्री / नारी / औरत

नारी सब कुछ सह सकती है, दारुण-से दारुण दुःख, बड़े-से-बड़ा संकट, यदि नहीं सह सकती तो यौवन काल की उमंगों का कुचला जाना।

धर्मनिष्ठा नारियों का स्वाभाविक गुण है।

नारी की सहानुभूति हार को भी जीत बना सकती है।

जो आदर्श नारी हो सकती है, वही आदर्श पत्नी भी हो सकती है।

नारी जाति बलवान पुरुष पर जान देती है।

पुरुष शस्त्र से काम लेता है, स्त्री कौशल से।

स्त्री का बल और साहस, मान और मर्यादा पति तक है। उसे अपने पति के ही बल और पुरुषत्व का घमंड होता है।

स्त्री पृथ्वी की भांति धैर्यवान है, शांति संपन्न है, सहिष्णु है।

औरत निर्बल है, इसलिए उसे मान-अपमान का दुःख भी ज़्यादा होता है।

स्त्री का सप्रेम आग्रह पुरुष से क्या नहीं करा सकता।

स्त्री के नेत्रों में तुच्छ बनना कौन चाहता है।

कोई ऐसी स्त्री नहीं है, जिसमें कभी-न-कभी अपने पति की निष्ठुरता का दुखड़ा न रोया हो।

स्त्री अपने को छिपाकर पुरुष को जितना नचा सकती है, अपने को खोलकर नहीं नचा सकती।

नारी अपना बस रहते हुए कभी पैसों के लिए अपने को समर्पित नहीं कर सकती। यदि वह ऐसा कर रही है, तो समझ लो कि उसके लिए और कोई आश्रय, कोई आधार नहीं है।

रत्न-जड़ित मखमली म्यान में जैसे तेज तलवार छिपी रहती है, जल के कोमल प्रवाह में जैसे असीम शक्ति छिपी रहती है, वैसे ही स्त्री का कोमल हृदय साहस और धैर्य को अपनी गोद में छिपाए रहता है।

औरत को जीवन में प्यार न मिले तो उसका मर जाना ही अच्छा है।

स्त्रियां क्रोध के बाद किसी-न-किसी बहाने रोया करती हैं।

स्त्रियां स्वभावतः लज्जावती होती हैं। उनमें आत्माभिमान की मात्रा अधिक होती है। निंदा अपमान उनसे सहन नहीं हो सकता।

औरत उसी को प्यार करती है, जो दिलावर हो, निडर हो, और आग में कूदने की हिम्मत रखता हो।

पति वियोग में स्त्रियां तपस्विनी हो जाती हैं, उनकी कामवासनाओं का अंत हो जाता है।

पतिव्रता स्त्री के दर्शन बड़े सौभाग्य से मिलते हैं।

एक अबला स्त्री के लिए सुंदरता प्राणघातक यंत्र से कम नहीं है।

लावणविहीन स्त्री वह भिक्षुक नहीं है, जो चंगुल भर आटे से संतुष्ट हो जाए। वह भी पति का संपूर्ण अखंड प्रेम चाहती है, और कदाचित अन्य सुंदरियों से अधिक, क्योंकि वह इसके लिए असाधारण प्रयत्न और अनुष्ठान करती है।

जिस स्त्री का पति के हृदय पर अधिकार नहीं, उसका उसकी संपत्ति पर भी कोई अधिकार नहीं होता।

स्वेच्छाचारिता का भूत स्त्रियों के कोमल हृदय पर बड़ी सुगमता से कब्जा कर लेता है।

औरतों का हृदय बहुत ही संकीर्ण होता है।

स्त्री इसके लिए मजबूर नहीं है कि वह आपकी आंखों से देखे, आपके कानों से सुने। उसे यह निश्चय करने का अधिकार है कि कौन-सी चीज़ उसके हित की है, कौन सी नहीं।

स्त्री का पहला धर्म यह है कि वह रसोई के काम में चतुर हो।

स्त्री निर्बल है, इसलिए वह बलवान पुरुष का आश्रय ढूंढ़ती है।

किसी रूपवती स्त्री को पाकर यदि कोई पुरुष चिंतित रहे, तो समझ लो कि उसके दिल पर कोई बड़ा बोझ है।

जब स्त्री धोखा दे, तो फिर समझना चाहिए कि संसार में प्रेम और विश्वास का अस्तित्व ही नहीं। यह केवल भावुक व्यक्तियों की कल्पना मात्र है।

स्त्रियां नाजुक मिज़ाज़ होती हैं।

❧

स्त्री अन्तःकरण से विलासिनी होती है।

❧

स्त्रियों को मना लेना बहुत मुश्किल नहीं है।

❧

स्त्री पर प्रकृति ने ऐसे बंधन लगा दिए हैं कि वह जितना भी चाहे, पुरुष की भांति स्वच्छंद नहीं रह सकती और न पशुबल में पुरुष का मुकाबला ही कर सकती है।

❧

औरत की गुलामी सांसों के बल पर ही है, जिस दिन सांसें नहीं रहेंगी, औरत की गुलामी का अंत हो जाएगा।

❧

धर्म ने ही स्त्री-जाति को पुरुष की दासी बनाया हुआ है।

❧

ऐसे पाखंडी समाज को, जो स्त्री को अपनी वासनाओं की वेदी पर बलिदान करता है, सचेत करने के लिए कानून के सिवाय और कोई विधि नहीं है।

❧

घर से निकली हुई स्त्री थान से छूटी हुई घोड़ी के समान है, जिसका कुछ भरोसा नहीं।

❧

महिलाएं रहस्य की बातें करने में बहुत निपुण होती हैं।

❦

पति ही स्त्री का सच्चा मित्र, सच्चा पथ-प्रदर्शक और सच्चा सहायक है। पतिविहीन होना किसी और पाप का प्रायश्चित्त है।

❦

जब किसी कौम की औरतों में गैरत नहीं रहती, तो वह कौम मुरदा हो जाती है।

❦

एक रमणी के हाथों से शराब का प्याला पाकर वह कौन भद्र-पुरुष होगा, जो इनकार कर दे? यह तो नारी जाति का अपमान होगा, उस नारी-जाति का जिसके नयनबाणों से अपने हृदय को बिंधवाने की लालसा पुरुष-मात्र में होती है, जिसकी अदाओं पर मर-मिटने के लिए बड़े-बड़े महीप लालायित रहते हैं।

❦

नए युग की देवियों की यह सिफत है, वह मर्द का आश्रय नहीं चाहतीं, उसके साथ कंधा मिलाकर चलना चाहती हैं।

❦

जब पुरुष में नारी के गुण आ जाते हैं, तो वह महात्मा बन जाता है। नारी में पुरुष के गुण आ जाते हैं, तो वह कुलटा हो जाती है।

❦

संसार में जो भी सुंदर है उसी की प्रतिमा स्त्री है।

❦

स्त्री के पास दान देने के लिए दया है, श्रद्धा है, त्याग है। पुरुष के पास क्या है? वह देवता नहीं लेवता है। वह अधिकार के लिए हिंसा करता है, संग्राम करता है, कलह करता है।

स्त्री का पद पुरुषों के पद से श्रेष्ठ है, उसी तरह जैसे प्रेम, त्याग और श्रद्धा हिंसा, संग्राम से श्रेष्ठ है।

औरत का हृदय बड़ा दुर्बल है। मोह उसका प्राण है। जीवन रहते मोह तोड़ना उसके लिए असंभव है।

स्त्री पुरुष से उतनी ही श्रेष्ठ है, जितना प्रकाश अंधेरे से। मनुष्य के लिए क्षमा, त्याग और अहिंसा जीवन के उच्चतम आदर्श हैं। नारी इस आदर्श को प्राप्त कर चुकी है। पुरुष धर्म, अध्यात्म और ऋषियों का आश्रय लेकर उस लक्ष्य पर पहुंचने के लिए सदियों से जोर मार रहा है।

स्त्री के लिए मातृत्व महान गौरव का पद है।

बाज़ार में वही स्त्रियां आती हैं, जिन्हें अपने घर में किसी कारण से सम्मानपूर्ण आश्रय नहीं मिलता, या जो आर्थिक कष्टों से मजबूर हो जाती हैं।

नारी में दान और त्याग होना चाहिए। उसकी यह सबसे बड़ी विभूति है।

स्त्रियां गाली सह लेती हैं, मार भी सह लेती हैं, पर मैके की निंदा उनसे नहीं सही जाती।

स्त्रियां ही कुल मर्यादा की संपत्ति होती हैं। मर्द उसके रक्षक होते हैं। जब उस संपत्ति पर कपट का हाथ उठे, तो मर्दों का धर्म है कि रक्षा करे। इस पूंजी को अदालत का कानून, परमात्मा का भय या सद्विचार नहीं बचा सकता। हमको इसके लिए न्यायालय से जो दंड प्राप्त हो, वह शिरोधार्य है।

स्त्री का गहना ईख का रस है जो पेरने से ही निकलता है।

स्नेह

ग्रामीण जीवन में एक प्रकार का स्नेह-बंधन होता है, जो सब प्राणियों को, चाहे छोटे हों या बड़े, बांधे रहता है।

घरवालों का स्नेह डॉक्टर की दवाओं से कहीं ज़्यादा लाभदायक होता है।

संसार के सारे नाते स्नेह के नाते हैं। जहां स्नेह नहीं, वहां कुछ नहीं।

स्त्रियों में बड़ा स्नेह होता है। पुरुषों की भांति उनकी मित्रता केवल पान-पत्ते तक ही समाप्त नहीं हो जाती।

स्मृति

जब हम विज्ञान द्वारा मन के गुप्त रहस्य जान सकते हैं, तो क्या अपने पूर्व संस्कार न जान सकेंगे? केवल स्मृति को जगा देने ही से पूर्व-जन्म का ज्ञान हो जाता है।

मधुर स्मृति किसी स्वर्गीय संगीत की भांति जीवन के तार-तार में व्याप्त रहती है।

स्वप्न

स्वप्न मनुष्य के चिंतन का परिणाम है।

स्वभाव

कठिनाइयों में पड़कर परिस्थिति पर क्रुद्ध होना मानव स्वभाव है।

काम करना मानवीय स्वभाव है।

लड़कियां स्वभाव से ही सुशील होती हैं।

स्वभाव एक उपार्जित गुण है, जिसमें शिक्षा और सत्संग से सुधार हो सकता है।

स्वराज्य/स्वाधीनता

स्वराज्य चित्त की वृत्ति मात्र है। ज्यों ही पराधीनता का आतंक दिल से निकल गया, बस स्वराज्य मिल गया। भय ही पराधीनता है, निर्भयता ही स्वराज्य है।

❧

जीवन स्वाधीनता का नाम है, गुलामी तो मौत है।

❧

बंधे बैल और खुले सांड में बड़ा अंतर है। एक रातिब पाकर भी दुर्बल है, दूसरा घास-पात खाकर मस्त हो रहा है। स्वाधीनता बड़ी पोषक वस्तु है।

❧

दुःखी जनों को निर्मम सत्य कहने की स्वाधीनता होती है।

❧

लोक-निंदा के भय से अपने प्रेम या अरुचि को छिपाना अपनी आत्मिक स्वाधीनता को खाक में मिलाना है।

❧

स्वाधीनता सद्‌गुणों को जगाती है।

❧

जिस देश में स्त्रियों को जितनी अधिक स्वाधीनता है, वह देश उतना ही सभ्य है।

❧

यदि ठोकर खाकर आत्मा स्वाधीन रह सकती है, तो ठोकर खाना अच्छा है।

❧

पुरुष स्वाधीन है, वह दिल में समझता है कि मैं स्वाधीन हूं। वह स्वाधीनता का स्वांग नहीं भरता। स्त्री अपने दिल में समझती है कि वह स्वाधीन नहीं है, इसलिए वह स्वाधीनता का ढोंग करती है।

संसार में स्वाधीनता का चाहे जो भी मूल्य हो, घर में तो पराधीनता ही फलती-फूलती है।

स्वामी

जब स्वामी को सेवक की फिक्र नहीं, तो सेवक को स्वामी की फिक्र क्यों होने लगी।

स्वार्थ

स्वार्थ और लोभ के लिए हम चौबीसों घंटे अधर्म करते हैं। कोई गम नहीं है, लेकिन कुरबानी का पुण्य लूटे बगैर हमसे नहीं रहा जाता।

स्वार्थ-सेवा अंग्रेज़ी शिक्षा का प्राण है। पूरब संतान के लिए, यश के लिए, धर्म के लिए मरता है, पश्चिम अपने लिए।

स्वार्थ का त्याग करना बहुत कठिन है।

जिस काम में हमारा दिल न हो, हम केवल ख्याति और स्वार्थ-लाभ के लिए उसके कर्णधार बने हुए हैं, वह कभी नहीं हो सकता।

मनुष्य ने अपने स्वार्थ के लिए अनादि काल से ही भाइयों की हत्या की है।

कौन किसी के साथ निःस्वार्थ सलूक करता है? भिक्षा तक तो लोग स्वार्थ ही के लिए देते हैं।

स्वार्थ में मनुष्य बावला हो जाता है।

संसार के सब नाते स्वार्थ के हैं।

स्वार्थ और देशभक्ति में विरोधात्मक अंतर है।

हंसी

मनुष्य बराबर वालों की हंसी नहीं सह सकता, क्योंकि उनकी हंसी से ईर्ष्या, व्यंग्य और जलन होती है।

हत्या

जिस आदमी में हत्या करने की शक्ति हो, उसमें हत्या करने की शक्ति का न होना अचंभे की बात है।

हया

पर्दा कपड़े का नहीं होता, हया दूसरी चीज़ है।

हयादार के लिए आंख का इशारा बहुत है।

हिंसक

हिंसक पशु भी आदमी को गाफिल पाकर ही चोट करते हैं।

हित

जब हम किसी के हाथों अपना असाधारण हित होते देखते हैं तो हम अपनी बुराइयां उसके सामने खोलकर रख देते हैं।

हृदय

जिस स्त्री का पति के हृदय पर अधिकार नहीं, उसका उसकी संपत्ति पर भी कोई अधिकार नहीं होता।

किसी पर कटाक्ष करना उसके हृदय से अपने आदर को मिटा देना है।

हमारी अंतिम घड़ियां किसी अपूर्ण साध को अपने हिय के भीतर छिपाए रखती हैं।

कैदी बड़े कठोर हृदय होते हैं।

प्रत्येक हृदय में चाहे वह साधु का हो या कसाई का, आदर और प्रेम का एक कोना सुरक्षित रहता है।

बड़ों के पास धन होता है, छोटों के पास हृदय। धन के बड़े-बड़े व्यापार होते हैं, बड़े-बड़े महल बनते हैं, नौकर-चाकर होते हैं, सवारी-शिकारी हैं, हृदय से संवेदना होती है, आंसू निकलते हैं।

❧

एक व्यक्ति मुसीबत का मारा आपके पास आता है, लेकिन आप फरमाते हैं—मेरे पास समय नहीं, तो आपकी इस नीति को कोई सहृदय व्यक्ति पसंद नहीं करेगा।

❧

नारी हृदय कोमल है, लेकिन केवल अनुकूल दशा में, जिस दशा में पुरुष दूसरों को दबाता है, स्त्री शील और विनय की देवी बन जाती है, लेकिन जिसके हाथों अपना सर्वनाश हो गया हो, उसके प्रति स्त्री को पुरुष से कम घृणा और क्रोध नहीं होता। अंतर इतना ही है कि पुरुष शस्त्रों से काम लेता है, स्त्रीं कौशल से।

❧

ऐसा हृदय कहां जिसे प्रेम जीत न सके।

❧

आचारशील हृदयों पर प्रेम का जादू जब चल जाता है, तब वारा-न्यारा करके ही छोड़ता है।

❧

प्रेम जैसी निर्मम वस्तु हृदय में बांधकर नहीं रखी जा सकती। वह तो पूरा विश्वास चाहती है, पूरी स्वाधीनता चाहती है, पूरी जिम्मेदारी चाहती है। उसके पल्लवित होने की शक्ति उसके अंदर है। उसमें प्राण हैं, फैलने की असीम शक्ति है।

❧

आकुल हृदय को जल तरंगों से प्रेम होता है। शायद इसलिए कि लहरें भी व्याकुल हैं।

मनुष्य कितना ही हृदयहीन हो, उसके हृदय के किसी-न-किसी कोने में पराग की भांति रस छिपा रहता है।

वकीलों का हृदय कठोर होता है।

दुःखी हृदय दुखती हुई आंख है, जिसमें हवा से भी पीड़ा होती है।

जो लोग हृदय के उदार होते हैं, जरूरी नहीं वे चरित्र के भी अच्छे होते हैं।

जब हृदय जलता है तो वाणी भी अग्निमय हो जाती है।

जब हृदय शुद्ध न हो तो मुख से सत्य नहीं निकल सकता।

अपनी या अपनों की बुराइयों पर शर्मिंदा होना सच्चे हृदयों का ही काम है।

कठोर से कठोर हृदय में भी मातृ-स्नेह ही स्मृतियां संचित होती हैं।

जिस तरह पत्थर और पानी में भी आग छिपी रहती है, उसी तरह मनुष्य के हृदय में भी–चाहे वह कैसा भी क्रूर और कठोर क्यों न हो, उत्कृष्ट और कोमल भाव छिपे रहते हैं।

भग्न हृदय के लिए संसार सूना है।

मुखमंडल हृदय का दर्पण है।

वह कौन हृदयहीन व्याध है जो चहकती हुई चिड़िया की गर्दन पर छुरी चला देगा।

•••